KB262478

노주일 신무협 장편 소설

FANTASTIC ORIENTAL HEROES

이포두 1

노주일 新무협 장편 소설

초판 1쇄 찍은 날 § 2013년 6월 7일
초판 1쇄 펴낸 날 § 2013년 6월 14일

지은이 § 노주일
펴낸이 § 서경석

편집부장 § 권태완
편집책임 § 박은정

펴낸곳 § 도서출판 청어람
등록번호 § 제1081-1-89호
등록일자 § 1999. 5. 31
어람번호 § 제1-1614호

주소 § 경기도 부천시 원미구 심곡2동 163-2 서경B/D 3F (우) 420-822
전화 § 032-656-4452 팩스 § 032-656-4453
http://www.chungeoram.com
E-mail § chungeorambook@daum.net

ⓒ 노주일, 2013

ISBN 978-89-251-3315-7 04810
ISBN 978-89-251-3314-0 (세트)

이포두
1
노주일 新무협 장편 소설
FANTASTIC ORIENTAL HEROES
도서출판 청어람

이포두

目次

序一	7
序二	13
第一章	17
第二章	35
第三章	55
第四章	75
第五章	105
第六章	127
第七章	147
第八章	173
第九章	197
第十章	225
第十一章	247
第十二章	269
第十三章	289

序一

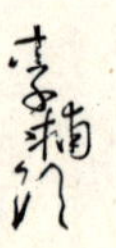

직업을 구하고 있다고? 허허, 잘 됐네. 마침 그렇지 않아도 내 목이 말랐는데. 어이— 주모! 여기 시원하게 한 사발 가지고 오라고!

음? 갑자기 왜 술을 시키냐고? 허허! 옷깃만 스쳐도 인연인데 같은 자리에 동석했으니 이 얼마나 대단한 우연인가! 그리고 기대하게. 내 기가 막힌 직업 하나 소개해 주지!

그게 바로 무엇이냐! 잠깐 한 잔 들이켜고 이야기 좀 하겠네.

크아! 바로 이 맛이지! 좋아! 내가 설명해 주지! 바로 포두라는 직책이네! 포두!

아! 포두가 무엇이냐! 그러니까 이걸 설명하기 위해서는 포청을 알아야 해! 그래! 맞아! 포청! 모든 고장과 고을에는 포청이 있어.

왜? 나쁜 놈들 때려잡기 위해서지. 뭐? 착한 사람을 억압하기 위한 도구가 아니냐구? 우리 너무 심오한 질문은 뛰어넘고, 난 지금 포두라는 걸 설명하기 위해서 이렇게 말을 하고 있다구. 거참.

아무튼 이 포청에는 현령이 있어. 즉, 현의 장이지. 맡은 구역의 대소사를 전부다 관장한다 그거야. 한데! 현령 혼자서 그 일을 할 수 있느냐! 만만에 콩떡이지! 당연히 중요한 일만 처리하고 자질구레한 일들은 밑에 사람들이 처리하기 나름이지!

좋아! 그럼 이때부터가 중요한 대목이야. 잘 들어 두라구!

포청에는 계급이 있는데, 위로는 현령과 바로 그 아래인 서기, 그리고 그 아래에 포교가 있지. 포교의 직책은 마치 있는 듯 없는 듯해서 그렇게 눈에 띄지 않지만.

내가 지금부터 말하는 이 포두! 그래! 이 포두가 오늘 말하고자 하는 주요한 직책이지!

포두가 과연 무엇이냐! 아래로는 포졸을 두었으면 포교의 바로 아래인 직책이며! 사람들 눈에 제일 많이 띄는 대외적인 직책임과 동시에! 현령이 뭐하는지 신경도 안 쓰는 이순위의 직업군이지. 일순위가 뭐냐고? 알면서 물어봐. 당연히 포졸이지.

근데 왜 그렇게 장황하고 대단하게 설명을 하냐고? 허허, 이것 참 잘 몰라서 하는 소리구만. 포두라는 직업군이 얼마나 축복받은 직업군인지 내가 설명해 주지.

있는지도 없는지도 모르는 자신의 상관인 포교 눈치 안 봐도 되고, 아주 큰일이 아니고는 동원될 일도 없고, 더구나 자신은 도가 넘지 않은 일을 저지르지만 않으면 책임은 안 져도 되거든.

거기에 소소한 떡값도 좀 챙겨도 별 탈이 없지. 그럼 안 되는 거 아니냐고? 커흠, 생각보다 앞뒤가 막혔군. 물론 안 되긴 하지만 세상일이 어디 그런가? 다 그렇고 그런 거지. 아, 그리고 마지막 가장 중요한 칼퇴근!

사실 이게 제 맛이거든. 칼퇴근하고 주막에 들어가서 탁주라도 한 사발 걸치면! 그 맛이! 아주 캬아! 말 안 해도 자네는 알겠지.

그럼 언제 모집을 하냐고? 오호, 이제 제대로 된 관심을 보이는군. 그래, 좋은 반응이야. 좋아, 내가 알려주지.

포두라는 직업의 특성상 별 탈이 없으면 잘릴 일이 없거든. 한데 이번에 어떤 포두가 제대로 한몫 받아 챙기고 튄 모양이야. 그래서 그런지 이번에 특채로 모집을 한다더군.

어떻게 지원 하냐고?

몰랐나, 자네? 허허! 이것 참 내가 자네에게 술을 얻어먹은 기념으로다가 내 친히 소개서 하나 써줌세! 이 소개서를 가지고 가면 떨어질 일은 없을 거야.

내가 누군데 그럴 거냐고?

아, 나 이 고을 현. 령.

…….

序
二

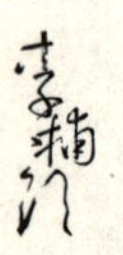

내 나이 방년 스물셋. 대륙을 휘몰아치는 전쟁에서 간신히 살아남아 고향으로 돌아왔다.

사실 전쟁은 이미 이기고 지는 건 문제도 아니었다. 단지 전후 협상만이 탁상공론으로 오고 갔을 뿐.

하지만 전쟁터에서는 항시 사람이 죽어 나갔다. 이유도 알지 못한 채. 그냥 싸우고 죽어 나갔다.

그러던 차에 전후 협상처리가 되고 나서 전역했다. 그리고는 곧장 뒤도 돌아보지 않고 고향으로 돌아왔다.

내 가족과 내 친구가 있는 곳으로.

그렇게 가족과 감격적인 재회를 하고, 집안을 추스르고, 평화로운 날이 흐르자 직업을 구해야겠다고 생각하였다.

그리고 현으로 나와서 이것저것 알아보고 있는 차에 주막에 들렸더니 이어지는 상황.

손에 들린 종이 한 장과 어이없는 광경.

그저 술 한 잔 얻어먹으려는 말 많은 늙은이인 줄 알았는데 현령이라니. 좋은 건지 나쁜 건지 감도 서지 않는다.

뭐, 어찌 되었든 직업을 구했으니 다행이다. 이걸로 집안에서 눈칫밥은 먹지 않겠네.

第一章

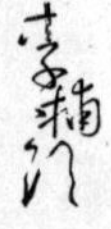

— 이원생.

  찌는 듯한 더위가 기승을 부린다. 온몸을 타고 올라오는 열
기의 감촉은 그리 기분 좋을 리 만무하다.
  "원생아. 어서 일어나거라. 날도 더운데, 해 뜨기 전에 어
여 움직여야지."
  어머니의 재촉에 땀으로 축축히 젖은 몸을 일으켜 세웠다.
이리저리 할퀴고 베어진 상처 자리가 욱신거리지만 병영에서
맞이하는 아침보다는 훨씬 더 가뿐하게 느껴진다.

"하이고오, 몸이야. 으우우우우웃 차!"

찌뿌듯한 몸을 최대한 쫘악 펴서 일으켜 세웠다.

관절과 근육이 일어나기 싫어하는 소리를 냈지만, 어쩌겠냐. 내 몸이니 내 말을 따라야지.

"어? 형은 벌써 나갔어요? 누님이랑?"

내 물음에 어머니는 여전히 밥을 지으시는 아궁이에서 눈을 떼지 않은 채 대답해 주었다.

"원태는 포구에 아침 일찍 예약해 놓은 손님 태우러 가고, 원예는 포목점 일이 밀렸는지 허겁지겁 나가더라. 너도 어서 밥 챙겨 먹고 현청으로 나가야지. 그래도 첫 출근인데 지각하면 안 되지."

삐걱거리는 침구 위에서 자리를 탈탈 털고 일어나 마당의 우물가로 나갔다.

아직은 어스름한 빛이 감도는 새벽녘이라서 선선한 기운이 피부를 진정시켰다.

우물가에서 물을 길어 올려 대충 얼굴과 몸을 씻어내고 다시 집으로 돌아가니, 소채와 고기 장조림이 오른 밥상을 마주하였다.

"에이, 어머니도 참. 이제 고기 그만 주셔도 된다니까요."

"시끄러. 어여 먹기나 해."

군문에 강제징집을 당한 지 십여 년이 흘렀다. 다행히 형과 누님은 다른 곳으로 피해서 화는 면했지만, 문제는 서당에서 돌아오는 길에 징집당해 버린 나였다.

그때 나이 열세 살. 어머니는 끌려간 막내아들에게 고기를 먹이지 못한 게 한이 되신 모양이다. 십여 년을 자책하고 사셨을 어머니를 생각하니 가슴이 아프지만 살아 돌아왔으니 이제 그런 걱정은 안 해도 될 터인데.

"헤헤, 알겠습니다. 잘 먹겠습니다."

"그려, 그려. 천천히 먹고, 옷 챙겨 입고 어여 가."

"별 걱정을 다하세요. 알겠어요. 히히."

어머니의 걱정은 모든 아들들이 공감하는 것이다.

물론 그것이 듣기 싫은 것도, 역정이 나는 것도 아니다. 그저 누가 나를 걱정해 준다는 것은 좋은 것이니까.

나는 어머니가 차려준 밥을 먹고 뿌듯한 마음을 품고 집을 나섰다.

내가 사는 곳은 장하현이라는 곳이다. 수도 장안에서 비교적 가까운 곳에 위치해 있고, 치안도 안정된 곳이라 상단의 주요 통행로이기도 하였다.

서쪽으로는 태하연이라는 강물이 흐르고, 그 뒤쪽으로 넘어가면 금세 장안까지 길이 뚫려 있기 때문에 북쪽과 동쪽에서 오는 상인들의 주요 관문이자, 사람이 북적북적 한 곳이기도 하다.

"흠, 그으래? 무하곡 전투에도 참전했었다고?"

"네, 보급 지원이긴 하지만 했었습니다."

아침을 먹고 천천히 걸어오니 얼떨결에 현청 앞에서 내 담당 포교와 같이 들어오게 되었다.

출근 첫날부터 기다리지 않으니 좋기는 한데, 상사 눈에 먼저 띄는 것도 썩 그리 좋지만은 않다.

"그래도 전투 경험은 있겠군. 군문 출신이니 말이야."

"아, 예. 일단 전쟁이니까요."

"하긴 현령님의 눈이 잘못되었을 리는 없고, 길 가던 엄한 사내 잡아다가 떡하니 포두를 맡길 이유는 더더욱 없으니 말이야."

말하고 싶은 요지가 무엇인지는 잘 파악이 안 되지만, 그래도 포교의 경험은 녹록하지 않지 않은 것 같았다.

생김새도 장난기는 가득하지만 다부진 얼굴이고.

"아, 예."

"거참 긴장하기는. 그런데 군문에서 직책은 어디까지 가보았나? 나이는 젊은 것 같으니 그리 높지는 않을 것 같은데 말이야."

'천군 상좌장의 장군직입니다.' 라고 말하면 미쳤다고 말

할 것이 분명했다. 하긴 그때는 몇 명이서 미친 척하고 돌아
다녔다. 무늬만 장군이었지. 후후후.

"십부장까지 올랐습니다. 군문이 성질에 맞지 않아서 그런
지 더는 못 하겠더라구요."

적당히 둘러댔다. 십부장이면 자기 밑으로 열 명의 수하가
있다는 것이다.

위로 계속 승진하면 백부장, 천부장, 만부장, 그리고 장군
이다.

"그런가? 그래도 십부장이면 단독 임무도 맡고 그랬을 텐
데."

임무는 그냥 때려 부수는 임무밖에 안 했는데. 너무 때려
부셔서 나중에는 황제의 몽둥이라는 별칭으로 황각목이라고
불렸었지.

거참, 예전이 그립긴 하네.

"저희는 뭐 그렇게 훈련된 부대가 아니라서 기껏 위험한
일이어 봤자 후방 감시조가 전부였습니다."

후방 감시조는 말 그대로 전쟁하러 우르르 달려가면 뒤에
서 누가 따라오나 안 따라오나 가만히 근처에서 숨어 있다가
보고하는 일이었다.

"그래? 그럼 상대방 정찰조도 마주치곤 했었겠군."

마주치지 않으면 거짓말이다.

"제가 감시조 맡은 세 번 중 두 번은 만났습니다."

"들켰나?"

"한 번은요."

"판단은 어떻게 했나?"

"도망갔습니다. 뒤도 안 돌아보고요."

"그렇구만. 흐흠, 알았네. 면담은 끝일세. 난 구인교라고 하네."

뭐 전혀 알지 못하는 사람을 갑자기 채용했으니, 면담은 할 것이라고 생각했었지만 이렇게 군문에 관해서 캐물어대는 건 몰랐군. 이 양반 앞으로 조심해야겠어.

"이원생이라고 합니다. 잘 부탁드립니다! 구 포교님!"

나는 꾸벅 고개를 숙이며 인사했다. 최대한 친절하게. 웃는 얼굴로 말이다. 예로부터 웃는 사람에게 침 뱉는 거 못 봤다고. 만면에 웃음을 지어야지.

"허허, 그래 나도 잘 부탁하네. 그리고 자네가 배정 받을 곳은 장하현 서쪽 포구라네. 마침 그쪽에 포두 한 명이 실종되어서 큰 애를 먹고 있었네만. 어떤가? 자네 첫 임무로서는 손색이 없겠지?"

보통 첫 임무라는 것은 쉬운 일을 두고 그 일을 맡겨 봄으로써, 어떠한 과정을 거쳐서 해결하는 가를 보고 그 사람을 평가하는 것인데. 오자마자 실종 사건이냐? 그것도 포두야?

그리고 내 형이 일하는 곳이잖아.

젠장!

터져 나오는 욕을 간신히 참은 채 씁쓸하게 웃음으로 구 포교를 마주볼 뿐이었다.

"하하, 물론 첫 번째 배정부터 좀 어려운 일이지만 그래도 어느 정도 군문에 몸 담았었다고 하니 마무리를 잘 지어 보게나."

뜻밖의 말이 포교의 입에서 흘러나왔다. 마무리? 아직 시작도 안 했는데 무슨 마무리?

"예?"

"이 현에는 산적한 문제들이 너무 많아. 포두가 실종된 것은 사실이나 그 건으로 너무 오랜 시간 많은 인력이 소모되고 있네. 자네 군문의 경험도 있고 하니 내 말이 무슨 말인지 잘 알아듣겠지?"

한마디로 말하자면, 이야기를 쓰라는 것이다. 보고서 정리. 그래서 군문의 경험이 필요했던 것인가? 그런데 현령은 어떻게 내가 군문에 경험이 있는지 알았던 거지?

— 현령의 집무실.

"확신하나? 그 사람이 천군의 상좌장인 것을?"

현령은 이원생을 처음 보았던 그 주막에서의 모습은 어디가고 찾아볼 수 없었다. 근엄과 존엄이 가득한 한 현의 수령만이 있을 뿐이었다. 그리고 현령의 말에 다소곳이 앉아 있던 한 사람이 고개를 끄덕이며 대답했다.

"어떻게 잊겠습니까. 그의 얼굴을. 마지막 한 치의 망설임도 없이 저희 아버님을 베어버리는 것을 이 두 눈으로 똑똑히 지켜보았습니다."

가녀린 목소리의 주인공, 그리고 아침 햇살에 들어난 그녀의 얼굴은 단연코 예뻤다. 아름다웠다. 그러나 하나의 청초한 백색의 꽃을 연상시키는 그녀의 모습과 얼굴 속에는 깊은 애환이 자리 잡고 있었다.

"정말 신교의 주인이신 현천공을 그가 베었단 말인가? 겨우 약관을 넘은 그 젊은이가?"

명교와 신교로 연합한 신명교는 하나의 교리로 대륙을 통일하길 원했다. 당연히 조정과 무림에서는 신명교와의 대규모 전쟁에 돌입. 장장 십여 년에 걸친 피의 전쟁 속에 결국 명교는 패퇴하고 신교는 멸절 당하다시피 하였다.

그 가장 큰 이유는 당대 명교의 교주인 혈구겸과 무공에 쌍벽을 이루는 현청공의 목이 베어진 것이다. 물론 신교를 유지하고 있던 수많은 장로와 교두들도 현청공과 같이 죽임을 당한 것도 있었지만 자하신공이라는 당대의 신공을 무려 구성이나 익힌 현청공의 존재야말로 신교 그 자체였던 것이다.

"물론 아버님께서는 십성에 들어서 주화입마에 빠져 종전에는 스스로 파멸의 길을 걸으셨지만, 그 마지막은 그가 베었습니다."

"허허, 장강의 강물은 벌써 이렇게 흐르고 있었군. 나도 늙어가는 가보네. 그럼 이제 어찌하려고 하는가? 공주께선?"

"모르겠습니다. 저희 아버님을 베어 버렸다고는 하나, 그 당시의 상황은 저도 알아보지 못하시고 죽이려고 하셨으니까요."

어찌 보면 이원생은 그녀의 은인이기도 하였다. 그래서 애환이라는 기분이 지나간 것이다.

"하긴 교주님의 상태는 내가 마지막으로 뵙기 전에도 이성을 잃어가고 있으셨으니. 거기다가 화산파의 그 검수와 혈전을 벌이시지만 않았더라도 그렇게 허무하게 가시는 일은 없었을 터인데."

"계속 지켜보기는 해야 할 것 같아요. 그래도 마지막까지 아버님과 같이 있던 사람이었으니까요."

현령은 순간 공주의 눈에서 애절함을 보았다. 그럴 것이다. 애절함. 현령은 그런 공주의 모습을 보고 쓸쓸하게 입을 다물었다. 깊은 한숨과 함께 말이다..

― 이원생.

"어, 형."

구 포교로부터 포두를 증명하는 패와 적삼포, 육모봉과 포승줄을 받고 슬렁슬렁 장하현 포구로 갔다. 물론 거기에는 일하고 있는 형이 먼저 나를 반겼다는 것은 말 안 해도 알 것이다.

"음? 원생이 아니냐?"

반겼다는 말은 나중에 하자.

포구에서 뱃사공을 하고 있는 형은 나의 모습을 보자 의외인 듯한 반응을 하였다.

"뭐, 어쩌다 보니 이렇게 되었수다."

"모습을 보아하니 오늘 새로 오는 포두가 너인 모양이구나."

멋쩍은 듯이 뒷머리를 긁적거리는 나에게 형은 다가와서 그저 어깨를 툭툭 쳐 줄 뿐이었다.

"녀석, 군문에서 꽤나 한 모양이구나. 단번에 포두라니. 하하하!"

굵직한 목소리가 듣기 좋은 남성다운 모습이었다. 뱃사람이라서 그런지 몰라도 화통하였다. 하긴 생김새도 울퉁불퉁한 근육에 호쾌한 그을린 얼굴까지. 여자들은 왜 이런 남자 안 데려가나 몰라.

나는 내 어깨를 연신 두드리는 형의 모습을 웃음기 가득 든 모습으로 배를 어루만지며 말했다.

"군문에서 한 게 뭐 있겠어. 그냥 도망치기 바빴지. 아무튼 포구까지 걸어오니 벌써 점심 먹을 시간이네."

"하하하! 그래, 가서 뭐라도 먹자꾸나."

어차피 모든 일은 먹고 살기 위해서 하는 것임을.

형을 따라 들어간 주막은 뱃사람들 전용인 듯한 느낌을 물씬 풍겼다. 하얀 두건에 뱃사람임을 말하는 청색의 끈을 오른 팔뚝에 전부 메고 있었으니 말이다.

"여어! 원태 오나. 그 옆은 누군가?"

"허허, 원태는 무슨 남자를 데리고 왔는가! 장가가기 바쁜 총각이 여자를 데리고 와야지!"

"하하하! 어르신, 제 동생도 몰라보십니까!"

형은 여기저기서 터져 나오는 농 섞인 말을 웃음으로 날려 버린 후, 내 어깨를 거칠게 흔들며 말하였다.

뭐, 그렇게 안 해도 누가 봐도 동생인지 알지 않을까 싶지만. 나는 싱긋하게 웃어준 후에 형과 함께 주막의 끄트머리에 앉았다.

"여기 국밥 두 개에 고기 좀 내와 보게! 하하하! 내 오늘 동생 호강 좀 시켜야겠네!"

"벌면 내가 더 잘 벌건데. 아침에도 고기 먹고 왔으니 좀 참읍시다. 좀."

나는 큰 소리로 주문하는 형에게 난감한 듯한 표정을 지었으나 그냥 내 목소리는 묻혀 버렸다.

"벌써부터 좋은 직장 들어갔다고 형 앞에서 유세 떠는 것이냐. 하하하."

"아이고, 좋은 직장은 무슨. 그냥 관리가 다 그렇지 뭐. 아, 근데 새벽에 온 손님은 어디로 가기에 그리 일찍부터 예약했답니까?"

"아, 그 사람? 그냥 수도로 올라가는 파발원인가 보더라. 뭐, 그리 바삐 재촉한 탓에 품삯은 더 받았지만 말이다."

중앙에 뭐 불이라도 떨어졌나. 우리 잘나신 어르신들이 또 뭔가 바쁘게 똥줄 타시는가 보구나. 크크크.

북적이는 주막은 점심때가 점점 더 가까워지자 사람들로 미어터지기 시작하였다. 여기저기에서 주문하는 소리와 사람들의 소소한 이야기가 떠들썩하게 들려오기 시작하였다.

사람 사는 곳. 그래, 이런 곳이 사람 사는 곳이지. 웃음도 있고, 호통도 있고, 농담도 있고. 서로에 대한 허울을 나누면서 왁자지껄하는 이곳.

"녀석, 갑자기 그런 건 묻고는 왜 주변을 말없이 쳐다보는 것이냐?"

"아니, 별로. 갑자기 생각난 게 있어서 그렇수다. 그건 그렇고 제 선임자 소식 좀 없소이까? 내 포교한테는 대충 듣고 왔는데 도통 알 수가 있어야지요."

갑자기 실종이라니. 사람이 갑자기 실종이 될 수는 없다. 종적과 흔적이 반드시 있고, 주변인이 있다. 더군다나 이 일대의 대소사를 맡았던 포두였다. 갑자기 사라질 수는 없는 노릇이었다. 무언가 다른 이유가 있는 것이다, 라고 나는 생각하고 있었다.

나는 은근슬쩍 운을 띄운 후 물었는데, 형의 얼굴이 뭐 씹은 표정이 되었다. 뭔가 알고 있는 듯한 표정이었다. 그것도 아주 잘.

"그 망할 포두 이야기는 꺼내지 말아라. 다행이 신임 포두가 니가 되었기에 망정이지. 만약 또 그런 놈이 왔으면 저 강에 던져 버렸을 것이다."

어라라? 이건 또 뭔 소리래? 내가 형을 먼저 만나지 않았다면, 다른 사람에게 그 꼴을 당할 수 있었다는 말인데. 젠장!

"에? 그건 또 무슨 소리요?"

"나 포두 그놈이 말이지!"

형은 나지막한 목소리로 울분에 찬 듯이 말하였다.

말은 길었지만, 사정은 이렇다. 나 포두라는 내 전임자는 말 그대로 부정부패의 온상이었다. 자신의 포두라는 직책을 이용하여 온갖 뇌물을 받아 왔고, 자신의 친인척을 포졸로 쓰면서 전횡을 일삼다가 결국 참지 못한 뱃사람들 조합이 단체로 포청에 발고하려는 찰나 그동안 모아놓은 돈과 재물을 가지고 사라져 버린 것이다.

이런 의지박약한 사람들을 보았나? 아차차! 형은 빼고. 그냥 발고했으면 굳이 내가 포교에게 그런 소리까지 들어가면서 사건 덮으라는 소리는 안 들어도 되잖아.

좋게 생각하면 첫 번째 임무는 그냥 슬렁슬렁 풀려진 것이고, 나쁘게 생각하자면 그래도 보고서 형식은 갖춰야 하다는 것인데…… 에잉, 서류 작업만 늘었군.

"그래도 니가 왔으니 다행이구나. 나 포두 그놈 상납금 주느라 모두 허리가 휠 지경인데 말이다. 하하하!"

형은 진심으로 좋아하는 것 같았다. 하나 세상은 그리 쉬운 곳이 아니었다. 나 포두는 사라졌어도 그 사람이 남긴 잔재는 사라지지 않았으니.

"뭐, 저는 그런 거 안 받으니 상관은 없겠지만, 포졸들도 나눠 받았을 거 아닙니까? 친인척이 포졸에 끼어 있으니 말입니다."

"왜 그러느냐? 그깟 포졸 놈들 몇 놈이야 나 혼자서도 충분하다. 손봐주랴?”

“에이, 그래도 관원인데 민간인 손에 맡겨서는 안 되죠. 뭐, 생각이 있으니 그냥 놔두서도 될 것 같습니다.”

때마침 국밥이 나왔다. 그 국밥을 입으로 씹으면서 생각했다.

‘더워 죽겠는데 나는 왜 국밥을 먹었지?’

젠장. 뜨겁다.

한참 이런 저런 이야기로 밥을 먹는지, 이야기를 나누는지 구분도 안 갈 만큼 시간을 보내다가 형이 일하러 가는 곳까지 배웅을 하고 나서 나는 내 집무실이 있는 곳으로 슬렁슬렁 걸어갔다.

포청은 기존 집을 대충 개조한 듯한 곳이었다. 그리 넓지는 않지만 꽤 쓸 만했다. 점심을 얼마나 맛있게 먹었는지, 책상에 널브러진 포졸 한 명과 현관 마당에 희희낙락거리는 포졸 몇 명이 보였다.

피식. 군문에 의거하고 내 예전 성격 같았으면 때려죽이겠지만, 이제는 선량한 모범 포두로서의 모습을 보여야 하기에 나는 살짝 웃으며 현관에 들어갔다.

희희낙락거리던 포졸 몇 명이 나를 발견하고는 ‘저놈은 뭐지?’라는 표정을 짓고 나에게 넌 누구냐고 물어보는 데 걸리는 시간은 얼마 되지 않았다.

"누구십니까?"

나는 활짝 웃으면서 선량하게 대답하였다.

"누구긴 늬들 상관이지."

"예?"

"짧게 이 포두라고 불러."

나는 허리춤에 찬 호패를 보여주면서 다시금 상큼하게 웃었고, 포졸들은 멍한 표정을 짓다가 사태 파악이 되는 몇몇은 차렷 자세가 되었다.

자, 그럼 나는 저 널브러진 놈을 깨우러 가볼까.

第二章

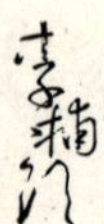

"크군."

아마도 이 녀석이 포졸들 중에 꽤나 몸 쓰는 사람인가 싶었
다. 팔척의 키에 우락부락한 근육, 코까지 골면서 자고 있는
이 녀석을 나는 살포시 발로 밀어서 책상에서 떨어뜨려 버렸
다.

"우아아악—!"

"……!"

목소리가 곰 같군. 거칠게 몸을 털면서 일어나는 거 하고
는. 육중하군.

"누가! 이 장호팔 주무시는데!"

그 녀석은 분에 겨운 듯 씩씩한 기운을 품고 나를 쳐다보았다. 나는 흐리멍덩한 눈빛으로 그런 그 녀석의 모습을 살포시 웃어 주었다.

한데 이 모습이 그 녀석을 자극한 모양이다.

"이! 이! 비루먹은 강아지가 감히 누구 자는데 깨워! 내 네 놈의 허리를 분질러서 남자 구실도 못하게 만들어 주마!"

쿵쿵쿵!

그가 걷자마자 바닥이 울리는 듯한 착각이 드는 거 같았다. 곰이 달려오니 무시무시하군. 그럼 사람이 취할 수 있는 가장 단순한 동작을 해야지.

휘리릭.

퍽!

내 허리춤에 붙어 있는 육모를 그 곰 녀석의 머리에 그냥 던져 버렸다. 있는 힘껏.

와장창!

뭔가 깨지는 소리가 들리더니 곰은 쓰러졌다. 단단하기 이를 때 없는 육모에 전장에서 단련된 내 힘. 그 두 개가 합쳐졌으니 곰 같은 녀석이라도 안 쓰러지면 이상한 것이다.

자아, 그럼 가죽을 벗겨서 고기는 먹고 가죽은 팔아…… 아차차! 이게 아니지.

“야, 너.”

나는 상황 파악을 하고 마당에 차렷 자세로 서 있는 포졸 한 명을 지명했다.

“예! 포졸 팽. 이. 현.”

내가 곰 같은 녀석을 단번에 제압해서인지 모르지만 포졸 녀석은 제대로 군기가 잡혔다.

“이놈 끌고 가서 물 한 바가지 부은 후에 정신 차리면 마당에 모여 있어.”

“네! 알겠습니다!”

어라? 말투 보니 저놈도 군문에 있었긴 했나 보네.

나는 이빨에 낀 고춧가루를 좀 띄고는 곧이어 내가 있을 공간을 천천히 훑어보기 시작하였다. 뭐, 여기저기 손보면 쓸 만하기는 한 거 같기는 한데. 어디 서류 정리는 어떻게 되나?

슥. 스슥.

서가에 있는 세 권 중에 중간에 있는 책을 하나 빼 보았다.

십이 월. 일 일. 맑음. 특이 사항 없음.

아무렇게 펴 본 게 일지였나 보다. 쭉 훑어보니 세 살배기 서당에서 일기 쓰는 것도 아니고, 일목요연하게 모두 다 똑같은 내용이 채워져 있었다.

십일 월. 이십삼 일. 맑음. 특이 사항 없음.

구 월. 삼 일. 맑음. 특이 사항 없음.

큭.

나도 모르게 웃음이 나왔다. 정말 대충 일했다는 사실을 단
번에 알 수 있었다.

정말 이런 놈이 어떻게 포두가 됐지?

다른 두 권의 책도 펴 보았다. 마찬가지였다. 이렇게 쓰는
것도 참으로 힘들겠다. 그래도 그 긴 기간 동안 단 하루라도
특이사항이 있었을 것 아니던가? 이건 무슨 각인해서 찍어내
는 정도의 정확함이었다.

"포두님! 포졸 팽이현 이하 세 명 다 모였습니다!"

흠— 이쪽에 배정 받은 인원이 네 명인가 보군.

나는 보던 책을 책상 위에 올려두고 심드렁한 표정으로 마
당으로 나갔다. 거기에는 맨 마지막에 곰 녀석이 서 있고, 나
머지는 고만고만하게 생긴 포졸들이 나란히 서 있었다.

확실히 이 팽이현이라는 놈, 군문 출신이군. 횡대로 정렬
하는 것을 알다니.

"원래 이곳에 배정 받은 인원이 네 명인가?"

"아닙니다. 원래는 한 명이 더 있었습니다."

하긴 이 정도 크기면 다섯 명 정도는 있어야지.

"한 명은 어디 있나?"

"그게, 나 포두가 사라진 이후로 같이 보이지 않습니다."

음? 그럼 찔러 넣은 친인척이 바로 그놈인가?

내 의심은 별로 오래가지 않았다. 곰 녀석이 중얼거리는 소리가 들려왔기 때문이다.

"그 멸치 대가리 같은 놈들을. 으으으—"

보아 하니 이 녀석들도 나 포두하고 그 친인척에게 쌓인 게 많나 보군. 그럼 일은 쉽겠어. 따로 말은 안 해도 될 것 같고.

"흐흠, 그럼 여기 행정관은 누구인가?"

"바로 없어진 그 포졸입니다."

역시 둘이서 잘 해먹고 갔구만, 이거이거. 그런데 그럼 행정관도 없다. 선임도 없다. 인수인계를 해줄 만한 사람이 아무도 없다는 거네. 젠장!

"팽이현이라고 했던가?"

"예! 포졸 팽이현."

"앞으로 자네가 행정관이고, 나머지 포졸은 차후에 배정할 테니 그 동안은 이 네 명으로 일을 보겠다."

"아, 예!"

"오늘은 이만 해산하고, 퇴근 시간까지 번을 돌다가 퇴근하도록. 그리고 내일은 현청에 들려서 올 테니 좀 늦을 것이다. 그동안 이곳 좀 청소해 놓고, 장비 점검하도록. 이만.”

인수인계 받을 인물이 없으니 어쩌겠나. 직접 가서 물어 봐야지. 하유, 일이 더 늘어났군. 망할 현령 같으니. 뭐? 놀고먹는 직업이라고? 주둥이를 콱!

오늘은 대충 내 선임 실종에 대해서 보고서나 작성한 다음 형하고 같이 집이나 들어가야겠군. 아, 가는 길에 술이나 한 잔 걸칠까나?

*　　　*　　　*

“고작 이건가?”

구 포교의 목소리에서 짜증이 물씬 풍겨 나왔다. 이런 건 아침에 들어서 별로 기분 좋은 소리도 아니다. 더군다나 직장 상사의 한심하다는 소리가 곁들여지면 머리까지 멍해진다.

이럴 때는 그냥 잠자코 고개를 푹 숙이고 있는 수밖에 없다.

“군문 출신이래서 기대 좀 하였더니. 크흠, 알았네. 나가보게.”

보고서도 대충대충 휙휙 넘기더니 나가라는 손짓을 하고 다시금 자신의 일을 보는 구 포교. 그 모습에서 내가 앞으로 나아가야 할 방향을 잡을 수 있었다.

쳇, 나도 꼭 상급 관리가 되서 저렇게 돼야지.

관리가 짬 먹고, 세월이 흐르면 확실히 편하긴 했다.

"저기 포교님."

"으음? 무슨 일인가? 보고할 일이 또 남아 있던가?"

귀찮다는 표시를 너무 노골적으로 하는 것도 재주기는 하다.

"서쪽 포구에 관한 인수인계가 정확하지 않아서."

내 뒷말이 끝나기도 전에 구 포교는 대충 자신의 뒤에 있는 책장에서 몇 번 뒤적이더니.

툭.

책 한 권을 내 앞에 떨어뜨리고는,

"그거니까 나가 봐. 요즘 들어서 무능한 사람들 때문에 괜스레 포교가 바쁘군. 에잉."

내 꼭 저 자리에 올라서 다른 포두들을 저렇게 다루리! 그런데 그렇기 전에 하나 더 물어 봐야 하는데.

"하하, 죄송합니다만, 또……."

"아, 자네는 여기 일하러 온 건가, 아니면 나한테 질문하러 온 건가! 포두 자리가 마음에 안 차면 냉큼 내놓게!"

뭐가 그리도 기분이 상한 것인지 알 수 없지만 구 포교는 나에게 호통을 쳤다.

그러나 한소리 얻어먹었다고 물어보지 않을 수도 없고. 이

거야 원.

나는 최대한 미안한 표정과 비굴한 표정을 지으면서 말을 이었다.

"포졸 한 자리가 남는데 이건 어찌하면 좋겠……."

"내가 던져준 책은 뭐하러 있는가! 읽어보게! 에잉."

쓰여 있으면 쓰여 있다고 좋게 말해주지. 우씨— 내가 출근한 지 이틀째라 참는다.

현청에서 내려와 구 포교가 준 책을 읽어보니 서쪽 포구에 관한 이야기와 직업군, 직책, 포두와 포졸이 해야 할 일에 대해서 간략하게 적어 놓았다.

서쪽 포구의 수상한 움직임이나 수룡채와 수적을 주시하고, 인근 주민과 어부들의 안전을 책임지며, 들어오는 상단의 물품에 대해서 감식하고 감별한다. 위험인물을 구금, 체포하여 포청이나 현청에 구속할 수 있다.

음, 한마디로 보초군. 이런 일이라면 간단하고. 보고하는 기한은 어찌 되나. 한 달 주기로 포교에게 보고하면 되는 것이고. 자아, 이제 내가 궁금한 것은 부족한 인원수에 대한 것인데.

으음, 포두의 나아가야 할 방향성? 이건 뭐야?

포두가 하지 말아할 열 가지. 무슨 헛소리야. 그냥 뇌물 안 받고 청렴하게 살면 되지. 가끔 융통성 좀 부리면서 말이야.

포졸 관리법. 으음. 아, 여기 있군. 포졸 채용에 대한 권리.

포졸 채용에 대한 권리는 포두에게 있다. 채용 후에 현청에
보고하면 된다. 이때 포졸에 대한 신상 명세와 기록을 같이
제출하여야 한다.

내가 채용하고 보고만 하면 되는 거네. 하긴 그러니 나 포
두가 지 친인척을 그렇게 간단하게 포졸로 집어넣은 거겠지.

장하현의 저자거리로 접어드는 한 골목을 지나고, 서쪽 포
구를 또다시 점심때 쯤 도착하였다. 일단은 형과 눈도장은 다
음에 찍기로 하고 포관으로 향했다.

포관에 들어서자 어제 말한 대로 청소를 끝내 놓았는지 그
래도 거미줄은 없어져 있었다. 번쩍번쩍하게 빛이 나게 한 정
도는 아니지만 그래도 그럭저럭 여기가 포청 정도는 되었다.

"팽 포졸."

나는 포관에 들어서자마자 어제 행정관으로 임명한 팽이
현을 불렀다. 팽이현은 기다렸다는 듯이 나에게 달려왔다.

"옙!"

그리운 형태의 답변이다. 군기 잡힌 말투. 후후후.

"모두 포두실로 들어오라고 해. 어제 업무보고 하고 간단

히 말하고 나서 할 일을 정해 주겠다."

팽이현은 간단히 차렷 자세를 취한 채 밖으로 나가서 어제 자신과 함께 놀고먹었던 포졸들을 데리고 들어왔다.

나는 뒷짐을 진 상태로 포관 현관 정면에 놓여 있는 책상의 중앙으로 이동하였다. 그리고는 곧이어 내 앞으로 포졸 네 명이 횡대로 어제와 같이 서 있었다.

"흐흠, 급작스럽게 포두가 바뀌어서 혼란이 있을 거다. 뭐, 혼란이 없으면 말고."

"……"

모두들 꿀 먹은 벙어리였다. 이게 뭔 소리인지 할 거지만, 아직 이야기는 끝나지 않았다.

"팽 포졸."

나는 나직하게 팽 포졸을 불렀다.

"예! 포졸 팽이현!"

"이제껏 나 포두가 했던 일에 대해서 간략하게 읊어 봐."

"예! 알겠습니다. 이제껏 나 포두가 했던 일은 놀고, 뇌물 받고, 자고, 뇌물 받고, 심지어 포졸 월봉까지 떼어 먹었던 천하의 악입니다!"

"……"

말이 안 나왔다. 어느 정도 예측은 했지만 정말 인간쓰레기였네. 포졸 월봉까지 뺏어서 자기 수중의 돈으로 만들었던 거 보면. 그렇게 벌고서 수감되면 억울하겠지.

그런데 포두 앞에서 이렇게 이야기하는 거 보면 이놈들도 정말 어지간히 당한 게 많나보군.

"간략해서 좋군. 일단 이야기하지. 나는 그놈하고 다르다. 뇌물은 어찌 되었던 받기는 할 텐데, 나 혼자 먹진 않는다. 또한 월봉 떼일 걱정은 하지 마라. 돈 욕심 별로 없다. 하는 일에 대해서 자부심을 가져라. 너희는 국가에 녹을 먹는 관리다. 무력 사태가 발생시, 괜한 영웅심으로 목숨 버리지 마라. 그럴 때 도망쳐도 아무도 욕 안 한다. 이상."

나의 이 멋들어진 말에 감명을 받았는지 포졸들은 멍한 표정으로 있었다. 뭐, 솔직히 감명 받은 표정은 아니고 그냥 멍 때리는 거다. 쩝.

"팽 포졸."

"아, 예!"

"이제부터 할 일에 대해서 설명하겠다. 아, 그건 그렇고 너 어디 군부 출신인가? 말투를 들어보니 하루 이틀 군문에 있진 않았을 테고?"

"포졸 팽이현. 예전 삼합부에서 삼 년 근무했습니다."

헤에? '삼합부'라고? 그래도 이 녀석 글 꽤나 읽었던 놈인가? 삼합부는 삼군 통합 지휘부를 뜻한다. 황실은 크게 금군과 은군으로 나뉘고, 무림맹은 동군으로 나뉜다. 그리고 그

군을 통제하는 것이 삼합부라는 기관이다.

"호오, 삼합부. 이거 꽤나 능력 좋은데. 그런데 왜 포졸인가?"

"사실 삼합부에서 작전을 전달하는 전보병이었습니다. 그것도 전쟁 말기라 별로 할 일이 없어서 강제 전역을 당하게 되어서……."

전쟁이 없으면 군인은 그냥 쓸모없는 존재다. 밥만 축내는 식충이 같은 존재. 그래서 필요 없는 병과부터 다 잘라 버린다. 팽이현 같은 놈들 바로 그 부산물쯤 되는 것이다.

"흠, 미안하군. 괜히 아픈 상처를 건드린 것이 아닌가 싶네. 아무튼 잘 부탁하네. 난 금군 각반 출신이네."

금군 각반이면 정예군은 아니고, 잡병도 아닌 그냥 어중간한 부대였다. 내 소개서에 쓰인 그대로.

"저도 포두님이 예사롭지 않다고 했는데. 전쟁을 겪으신 분이라니!"

그냥 저냥 고개만 끄덕이고는 다시금 말을 이었다.

"상단이 들어오는 서쪽 포구는 내가 맡는다. 아무래도 끗발이 있는 게 좋으니까. 그리고 나머지 포구에 대해서는 장 포졸과 그리고 자네는 누군가?"

"정육이라 한다."

굵직한 목소리와 현기 어린 얼굴. 그다지 특이점이 보이지 않지만 확실히 무엇인가를 오래 수련한 사람이었다. 힐끗 엄지와 중지를 보니 굳은살이 많이 박인 것이 병장기 중 창이 유력해 보였다.

"흐흠, 자네 육모는 특이하네그려. 쇠인가?"

딱 보아하니 장창의 밑단 부분이다. 나머지는 자신의 허리춤이나 등짝에 고정시켜 있겠지.

정육은 고개만 끄덕였다.

역시.

그런데 어쭈? 상관이 묻는데 고개만 까닥거려? 이걸 확!

내 심기 불편한 것을 눈치챈 것인지 팽이현이 나섰다.

"하하하. 이 사람은 원래 무뚝뚝한 사람이라서 그런지 말이 짧습니다. 죄송합니다. 먼저 보고를 드렸어야 하는데."

팽이현이 나와 정육 사이를 중재하자 나는 그냥 슬며시 웃으면서 정육을 지나쳐 갔다.

이거 사연이 어떻게 되는지는 몰라도 재미있겠어.

나는 정육의 옆에 있는 한 사람을 보았다. 나의 눈길에 괜스레 뭔가 찔리는지 스스로 말문을 열었다.

"포졸 장호연이라 하옵니다. 장호팔의 동생입니다."

역시 형제가 걸걸하게 생겼긴 하군. 형 못지않은 덩치에 험상궂은 얼굴이야. 나중에 외공 수련하면 딱인데 말이야. 시켜봐?

에이, 됐다. 무공을 익히면 귀찮은 일 투성이일 텐데 그냥 이렇게 편하게 포졸 하다가 포두 달고 혼인하고 사는 거지.

나는 장호연의 어깨를 툭툭 만져준 후에 다시금 말을 이었다.

"그럼 아까 하던 말을 계속하지. 장씨 형제와 정 포졸은 나머지 포구에 대해서 수상한 인물과 수적에 대한 정보를 수집하도록 하고, 팽 포졸은 행정관으로서 업무보고 일지와 하루 결산 보고서를 작성하도록. 의문 있는 사람은 나중에 따로 찾아와서 이야기하도록 하고, 벌써 점심때도 되었으니 밥이나 먹고 하세."

"알겠습니다."

"예! 포두님"

"예! 포두 형님"

"그러도록 하지."

팽이현과 장씨 형제, 정육의 말을 차례대로 듣고는 나는 점심을 먹으러 어제 형과 같이 간 주막을 찾았다. 포관에서 좀 떨어져 있기는 해도 어제 먹었던 국밥의 맛만으로도 충분히 찾아가는 가치가 있는 집이었다.

휘적휘적 걸어가면서 뒤를 보니 네 명의 포졸이 날 따라오기 시작했다. 어라? 이것들이 나보고 사달라는 건가?

"음? 왜 쫓아와?"

"아, 점심 먹으러 가시는 거 아니었습니까?"

팽 포졸의 말에 나는 고개를 끄덕거렸고 팽 포졸은 나의 의문이 가득한 얼굴을 보고 어딘가를 손가락을 가리키면서 말을 이었다.

"관 식당이 저기에 있습니다."

음, 어제 어째 형이 돈을 안 내나 싶었더니 나하고 같이 가서 그랬군. 젠장, 난 또 사주는 건지 알고 괜스레 미안해했네. 쳇!

"아아, 미안하네. 내가 원래 이런 걸로 쩨쩨하게 굴진 않는데 말이야. 조만간 날 잡아서 회식이나 하자고. 자자, 먹으러 가세."

괜스레 헛기침을 하면서 몸을 돌리는 나의 뒤로 소근거리는 소리가 들렸긴 하지만 무시하자.

뭐 어쩌겠냐, 난 지금 개털인데. 나도 첫 월봉 나오기 전까지 아껴야 된단 말이다.

전역하고 한 번에 지급 받았던 돈으로 어머니와 형과 누나가 살 집을 사고, 크지 않는 땅도 샀다. 그 정도면 어머니께서 혼자 소일거리로 밭을 가꾸면서 생활비 정도는 나오니 문제없었고, 남은 돈으로 가재도구와 우물을 파고 나니 형과 누님을 혼인할 때 지참금 정도밖에 남지 않았다.

뭐 형과 누님도 그동안 놀고 있지는 않아서 많이 벌었긴 하지만. 그래도 혼인하게 되면 뭐라도 챙겨 드려야 않겠지 싶다.

그런 고로 뭐 어찌 되었던 첫 월봉을 받을 때까지는 내 주머니는 깃털처럼 가볍다는 것이다.

달칵.

덜그럭.

의자 당기는 소리가 나고 나를 포함하여 다섯 명의 관원이 자리를 잡았다. 주문하지 않았는데도 주인은 팽 포졸의 얼굴만 보고도 고개를 끄덕거리면서 뭔가를 만들기 시작하였다.

"그동안 힘들었나 봐? 주인이 얼굴만 봐도 착착 이게?"

보통 관원 식당은 주변 식당에 관에서 어느 정도의 돈을 지급 받고 그 돈대로 한 달 치 점심을 만들어 주는 것이 고작이다.

물론 관에서 나오는 점심 비용이란 딱 그 정도 수준만 나와서 괜찮은 식당을 찾는 것도 힘들지만, 그 돈대로 곧이곧대로 만들면 사람이 겨우 먹을 수 있는 음식이 고작이었다. 그래서 보통은 괜찮은 숙수가 있는 곳에 가서 관원 점심값에 얼마를 보태서 괜찮은 수준으로 먹는 것이 보통이었다.

"하아, 말도 마십시오. 그래도 여기 주막 음식이 괜찮아서 다행이었지 전에 있던 포교 놈이 얼마나 악랄했는지 저희 점심값도 둘려서 먹으려고 하였습니다.”

“내 이놈을 만나기만 하면!”

팽 포졸과 호팔이의 말에 그동안 쌓인 울분을 엿볼 수가 있었다. 뭐, 그래도 관비로 나오는 음식으로는 괜찮았으니 앞으로 도 이곳을 계속 이용해야겠군.

“자자, 진정들 하고 밥이나 먹게나. 내 포두로 있는 동안에 는 안심하고.”

“하아, 저희도 진정하려고 하지만 나 포두만 생각하면. 하 아. 아, 그런데 이 포두님의 나이가 어떻게 되십니까? 얼굴로 보기에는…….”

스물세 살이라고 말하면 다들 웃을 것이다. 얼굴 나이로만 보면 산전수전 다 겪은 마흔의 모습이라. 내가 여자를 포기한 이유도 여기에 있다. 이 얼굴로 어떻게 꼬실 수 있을까. 아무 튼 스물세 살이 포두로 들어 앉아 있으면 뭔가 가벼워 보일 것이다.

“그렇고 보니 통성명만 했지 나이는 못 물어 봤군. 말 시작 했으니 나이나 알자구.”

“하하, 이런 실례가. 저희 나이도 말하지 않고 먼저 물었습 니다. 저는 올해로 서른입니다. 육이 이 친구는 스물둘 됩니 다. 호팔은 스물셋. 호연은 스물하나입니다.”

“그렇군. 뭐, 내 나이는 차차 말해주지.”

나는 슬며시 웃으면서 뭔가 더 말하려고 하는 팽 포졸의 입을 막았다.

"자자, 됐고. 밥이나 먹자고. 밥 나두고 다른 소리하면 복 나간다고."

그렇게 그날 하루가 지났다.

第三章

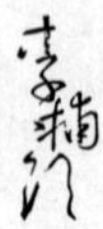

대체적으로 포두의 일은 '관리' 다. 자기 휘하의 병력을 관리하는 것처럼 생각하면 쉽겠다고 했지만 이건 성격이 달랐다. 자신의 지역에 있는 모든 일을 처리해야 한다.

바로 이것처럼.

"아니 글쎄! 이놈이 먼저 나에게 사기를 쳤다니까!"

나이 지긋한 어르신의 멱살을 잡고 온 뱃사공을 난감한 표정을 쳐다보았다.

"허허, 내 절대로 돈이 없어서 그런 것은 아니라고 하지 않소. 내 본산에 들려서 꼭 가지고 온다니까 그러네."

"내가 어떻게 그 말을 믿어! 말쑥하게 차려 입고는 뱃삯도 안 주고 줄행랑치려는 거 아니여!"

언성이 높아지고 멱살 잡힌 그 어르신은 계속 너털웃음만 터뜨릴 뿐이었다.

음— 묘하게 눈에 익은 얼굴이다.

"자자, 진정들 하시고요. 일단 저 어르신이 배를 타고 도착했는데 뱃삯이 없다고 하시는 거죠?"

"그렇습니다. 포두님! 내 뱃사공 이십 년 만에 이렇게 태연하게 사기 치는 사람은 처음 봅니다!"

"자자, 다시금 진정하시고요. 그럼 일단 뭔가 맡길 만한 것은 없습니까? 차림새를 보아하니 돈이 아주 없는 것은 아닌 거 같구요."

"허허, 내 비렁뱅이는 신세는 면하고 있지만 강호의 윤리를 아는 늙은이일세. 내 지금 가진 게 없어서 그렇고. 자아, 지금 있는 것이 이 초라한 검뿐이라네."

탁.

허리춤에 품었던 연검이 검집째 풀려서 나왔다.

어라라라? 아는 모양이 노인이 풀어 놓은 검집에 있었다.

양각으로 새겨진 매화의 문양. 화산파. 연검으로 펼칠 수 있는 검식은 화산파 고유의 초식은 매화이십사수뿐이다.

나는 무심한 얼굴로 그 검집에 담겨진 검을 빼 보았다.

설마 그렇지는 않겠지만 화산파를 사칭할 수도 있으니 말이다.

창!

검을 뽑자 맑은 검명이 귓가를 울렸다. 명검. 이건 명검이다. 수수한 검병에 이리도 맑은 소리를 낼 수 있는 것은 보통 장인이 만들지 않았다는 소리였다. 검의 값어치만도 수백 냥은 호가할 것이다.

"네 이놈이! 그깟 검 가지고 뱃삯을 대신하려는 것이냐! 포두님! 이놈을 당장 옥에 처넣고 주리를 트서야 합니다!"

어이어이, 아저씨. 이 검이면 강을 몇 백번 왔다 갔다 거려도 남겠소. 후— 하긴 검을 모르는 사람이라면 이런 반응이 나와야 정상이지.

나는 검집에 검을 집어넣고 슬며시 웃으며 말을 이었다.

"제가 검을 볼 줄은 모르지만 그래도 소리를 들어보니 좋은 검이군요. 이걸 관에서 맡아 둘 테니 나중에 돈을 들고 오시면 드리겠습니다."

"허허허, 그렇게 봐주니 고맙네. 내 배 주인에게도 미안함세. 검을 찾으러 오면서 값을 넉넉하게 쳐 줄 테니 이만하고 놔주면 안 되겠나?"

확실히 이 어르신은 수련을 몇십 년 한 게 아니다. 평생을 걸쳐 수련한 모습이 역력했다. 풍기는 기도도 그렇지만 성격은 웬만한 평지풍파를 수없이 겪어본 사람이었으니.

"하아, 포두님께서 그렇게 말하니 포두님을 믿겠습니다. 내 나 포두라면 절대 안 믿었습니다. 내 포두님이니 믿고 가겠습니다."

어지간히 악덕을 쌓으셨구먼. 오래 살겠어, 나 포두라는 사람.

뱃사공이 떠나고 그 어르신은 자신의 옷매무새를 다시금 다 잡은 채 길을 재촉하려 하였다.

"그 검의 가치를 안다면 잘 보관해 주시게."

그 어르신은 관의 문의 나서며 뒤를 돌아보며 엄중하게 말했다. 나는 상큼하게 웃으면서 그 검을 어르신에게 던졌다.

"음?! 이게 무슨?"

검을 받아든 노인의 눈이 조금 커졌다.

"가치를 아는 사람이면 뱃삯은 띄어먹지 않겠죠. 가져가십시오. 빠른 시일 내에 갚아주시면 감사하겠습니다."

"허, 허허허허! 알겠네. 알겠어. 내 본산으로 돌아간 후! 몇 곱절로 갚겠네! 내 이름 석 자 알아 두게나! 나는 화산파의 화무황이라고 하네!"

"……!"

나는 나도 모르게 '헉!' 소리를 낼 뻔했다. 보통이 아니라고 했지만 검황 화무황이라니. 전쟁에서 지나가다 스친 기억은 있지만 그 기억은 뇌리 깊숙하게 남는다. 명교의 교주와의 혈전. 사람이 맞나 싶었다.

그 늙은이를 여기서 보다니. 뱃사공 어르신, 목이 붙어 있는 게 다행인 줄 아시오.

"하하, 알겠습니다."

당연히 모른 척해야지. 아는 척하면 안 된다!

나는 그냥 만면의 웃음만 지은 채 화무황, 그 어르신을 배웅하였다.

"첫 업무가 화끈하군. 화무황이라니. 심심하진 않겠어."

그런데 그나저나 화무황이 장안에 웬일이지? 아직 신명교의 전쟁이 끝나지 않은 것은 사실이지만 이제는 서로 그럭저럭 양보하면서 살고 있을 텐데 말이지.

음…… 잠시 고민하던 나는 도리질 치며 생각을 털어냈다. 아니야, 아냐. 난 이제 상관없어. 절대로 생각하지 말자.

"무슨 생각하십니까?"

이런 저런 생각을 하고 있을 때, 팽이현이 문서를 한 아름 들고 포관으로 들어오면서 나에게 물었다.

"별로. 그건 그렇고 왜 서류냐? 설마 결재 서류는 아닐 테고?"

이런 조그마한 포구를 관리하면서 결재 서류가 저 정도면 특별수당을 꼭 받을 것이다. 만약 없다면…… 포두고 나발이고 필요 없다. 나를 채용한 현령이라도 따져야 직성이 풀릴 것이다. 본시 포두라는 것이 월봉은 그럭저럭 나오지만 하는 일도 그럭저럭인 직업 아닌가!

나의 이런 우려와는 달리 팽이현의 입에서 나오는 말은.

"아, 이건 그동안 밀린 민원서류입니다. 하나 살펴본 바로는 태반이 나 포두에게 관한 내용이니 별로 눈 여겨 볼 사항은 아닙니다."

나 포두. 너는 정말 천년만년 살겠다. 이 조그마한 포구에서 뜯어먹을 것이 그렇게 많았나?

나는 주먹을 꽉 쥐면서 기지개를 크게 피었다. 화무황과의 첫 업무를 시작으로 이런 저런 민원을 들어 왔지만 별로 중요한 사항은 아니었다. 포관의 업무라는 것이 포구의 편의를 위해서 존재하는 것이 아닌, 안전을 위해서 존재하는 것이기 때문이다. 포관에서 처리할 업무가 따로 있고, 관아에서 처리하는 업무가 따로 있다.

민원이라고 해봤자 배가 너무 노후하거나, 배를 타는 나무 지지대가 위험하다느니 하는 말이었다.

배가 노후하면 자기 배는 자기가 바꿔야 하지 않겠는가? 포구의 나무 지지대가 위험하면 뱃사공들이 십시일반으로 처리할 일이 아닌가?

하긴 이 지지대는 나중에 가서 한번 보기는 해야 할 것이다. 만약 쓰러져서 사람이라도 다치면 담당 포관에 불똥이 떨어지니 말이다.

"오후에 상단에서 들여오는 물건은 있나?"

아마도 내일이 월봉이 지급되는 날이니, 오늘은 빨리 퇴근하고 내일은 일찍 관아에 들려서 월봉을 수령해서 나눠줘야 한다. 일이 없다면 먼저 나가볼 심산이었다.

"아, 오늘은 청아상단에 정기적으로 들어오는 날입니다."

나의 빠른 귀가를 망치다니.

상단에서 수도로 올라가는 물품이니 만큼 여기서 친절하게 검사를 하지 않아도 반대편 포구에서 다시금 수도 병력에 의해서 꼼꼼하게 검사를 하는 편이다. 그래도 이쪽에서는 형식적인 검사를 할 뿐이지만 그래도 일단은 검사를 해야 하니.

"아아, 이런. 어디서 대기 중인가?"

"포구 앞에서 대기 중입니다."

"물품 목록은 온 거 있나?"

빠른 절차를 위해선 먼저 물품 목록을 보내서 서류작업을 간단하게 하게끔 하지만 이 상단은 그런 것에 별로 신경 쓰지는 않은 듯싶다.

"없습니다. 아마도 나 포두가 항상 포구 앞에만 있던 것을 생각 하나봅니다."

"도대체 내 전임 포두는 얼마를 먹고 튄 거야? 이거 무슨 관아에 관리하는 것을 자기가 입장료를 받아먹는 격 아니야?"

"모르긴 몰라도 그동안 먹은 것만 해도 집 몇 채는 짓고도 남을 겁니다. 그러니 그렇게 망설임없이 튄 것이겠죠."

나는 쓸쓸하게 웃으면서 포관에서 나와 포구로 향했다. 포관과 포구는 그렇게 멀리 떨어져 있지 않았다. 육안으로 보이는 청아상단의 물품은 언뜻 보아도 사두마차가 다섯 대에 이두마차가 두 대였다. 상단의 규모가 꽤나 있어 보였다.

머리를 긁적거리면서 품 안에 들어 있는 포두를 상징하는 패를 꺼내어 상단의 관계자처럼 보이는 사람에게 다가갔다.

말쑥하게 생긴 그 사람은 이목구비가 확실하고 중년의 노련한 패기를 보여주는 듯하였다. 또한 옷차림도 다른 사람과는 달리 정장을 착용하여 자신이 상단주임을 암묵적으로 알리고 있었다.

상단주가 아닐지라도 아무렴 관련자일 것이다.

내가 다가가는 것을 지척에서 느꼈는지 자신이 부리는 사람들과 이야기를 마치며 내 쪽을 쳐다보았다.

"포두가 바뀐 것을 늦게 알았소. 미안하오. 청아상단의 상단주 임평운이라 하오."

포권을 취해 보이면서 고개를 살짝 숙이는 동작에서 꽤나 절제된 느낌을 받았다. 무공의 수련이 결코 낮지 않음을 짐작

케 하였다.

"장하현 포두 이원생이오. 가는 길도 바쁠 테니 어서어서 진행합시다."

"사정 봐주어 고맙소이다. 이보게! 부단주! 물품 목록과 발급증을 가지고 오게나."

부단주라고 불린 사람이 여기저기 뒤적거리는 모양을 보니 시간이 조금은 걸릴 듯 보였다.

"하이고, 날씨가 덥지요."

"하하, 여름이 더워야지 어쩌겠소."

"요즘 장사는 잘되십니까?"

"그래도 여름에는 물품이 많이 소요가 되니 반년에 두세 번은 왔다 갔다 거리지만 겨울에는 반년에 한 번도 올까 말까 하오."

"그래도 여름 무렵에 두세 번 오갈 정도면 살 만하지 않습니까?"

"뭐, 목구멍에 풀칠은 합니다. 아, 부단주가 왔구려."

이런저런 이야기로 시간을 보내고 부단주가 가져다 준 물품 목록을 훑어 본 후에 짐이 실려진 마차로 걸음을 옮겼다.

"으음, 주로 비단하고 약재를 운반하는 모양입니다."

잡다한 생필품도 있었지만 크게 이윤이 남는 비단과 약재를 운반하는 상단이었다. 비단과 약재 같은 경우 날씨에 영향을 많이 받아서 운반이 잘 될 경우 크게 이윤이 남는 상품이기도 하였다.

심드렁한 표정을 지으면서 이 마차, 저 마차 슬쩍슬쩍 들춰보았다. 크게 이상이 있어 보이지 않았다. 그래도 내가 눈칫밥은 십 년이다. 내 눈을 숨길 정도라면 저 반대쪽도 마찬가지일 것이다.

"아, 예. 괜찮습니다. 통과하셔도 될 것 같습니다."

나는 통관증을 작성한 후에 상단주에 가서 내밀었다. 상단주는 부단주와 몇 가지 말을 나누더니, 부단주가 나에게 스리슬쩍 무언가를 주면서 말을 하였다.

"아이고, 포두님 수고하셨습니다. 이건 얼마 되지는 않지만 그냥 가시는 길에 목이라도 축이시라고 드리는 겁니다. 자자, 제 면 좀 살려주십시오."

만면에 웃음을 띠면서 사람 좋게 말하는 그 부단주는 한두 번 주는 솜씨가 아닌 듯싶었다. 뇌물을 주는 방법에도 등급이 있다. 그냥 돈만 주는 것이 하책이요, 돈과 더불어 너스레 떠는 것이 중책이요, 돈이 아닌 그 사람에게 필요한 것을 주는 것이 상책이다.

그래도 이 부단주는 중책은 되어 보였다.

"어어, 이러시면 안 됩니다. 그래도 엄연하게 공무를 집행하는 사람인데."

나는 은근슬쩍 그 돈주머니를 밀면서 얼마가 들어 있는지 가늠해 보았다. 묵직하면 큰일이다. 뇌물의 양에 따라서 그 위험도는 높아진다. 전낭의 무게가 가벼워야 위험도도 없어진다.

가벼웠다. 받아도 된다. 흐흐흐.

"아이고, 왜 이러십니까. 그러지 마시고 제 면 좀 살려주시고, 저희 상단 면 좀 살려주십시오. 자자, 그럼 저는 이만 들어갑니다."

나는 당황하는 표정을 지으면서 전낭을 내 품속 깊숙하게 집어넣으면서 말을 이었다.

"험험, 거참 이러시지 않아도 되는데. 그럼 내 고맙게 목이라도 축이겠소. 험험!"

세상에서 제일 쓸데없는 짓이자, 세상에서 빼놓을 수 없는 것이 바로 이런 체면 세워주기다. 어쩔 수 있겠나. 순리가 아닌데도 순리로 되는 것을. 그냥 받아 들여야 부러지지 않는 것이다.

나는 청아상단을 보낸 후에 두 개의 상단을 더 검사한 후 포관에 들어왔다.

품속에서 전낭을 꺼내어 팽이현이 보는 앞에서 책상에 꺼내 놓았다.

"아, 이거 뭡니까? 저희 월봉이 벌써 나왔습니까?"

딱 봐도 전낭의 색깔이 제각각이다. 이놈이 괜히 너스레를 피면서 모른 체를 하자 나는 슬며시 웃으면서 말하였다.

"왜? 이걸로 월봉 대신할까?"

"하하, 농입니다. 농. 그런데 어찌하여 이걸 제 앞에서 꺼내 놓으십니까?"

"이게 오늘 받은 거 전부다. 내가 내 몫하고 포교 몫으로 반을 떼어가마. 나머지는 너희끼리 나누어 가지든지, 이걸로 회식을 하든지 알아서 해라."

나는 세 개의 전낭 중 하나의 전낭을 풀어서 반을 제하고 나머지는 가져갔다. 그리고 멍 때리고 있는 팽이현에게 문득 생각나는 것을 말하였다.

"아, 그리고 뇌물은 나만 받는다. 다른 녀석들이 받다가 걸리면 얄짤없다. 내가 먹은 거 다 토해내는 한이 있더라도 끝까지 추궁하겠어. 알겠어?"

나는 그나마 있는 놈에게 받지만 만약 포졸들이 뇌물을 받는다면 없는 사람으로부터 받을 확률이 굉장히 높다. 그래서 미리 말해 놓는 것이다. 없는 사람에게 받는 것은 배탈이 나도 단단히 나기 쉽다. 양심에도 걸리고 말이다.

"예! 알겠습니다. 제가 단단히 일러두겠습니다!"

"그럼 나 먼저 퇴근하마."

자자, 그럼 형에게 가볼까. 어차피 들어가는 거 같이 들어가면서 오늘 받은 걸로 술이나 한잔 사야지. 크크크. 어차피 일한 지 이제 이틀째라 월봉도 제대로 안 나왔을 텐데 이번에 사고 입을 씻어야지. 크크크.

"너는 무슨 음흉한 생각을 하기에 형이 옆에 오는 것도 모르냐?"

헙! 얼굴에 드러났나? 별로 그렇게 음흉한 생각은 안 했지만 표정관리를 못하다니.

"뭐, 별로 음흉한 생각도 아니었수. 히히. 그건 그렇고 들어가기 전에 한잔할라오? 얼마 되지는 않은 월봉이지만 거하게는 못 사도 입가심할 정도는 됩니다만."

"허허, 이놈 보게나. 고추에 털 난 지 얼마나 되었다고 벌써부터 술타령이냐? 돈 모아서 장가갈 생각은 안 하고."

"고추에 털 난 지는 좀 되었는데, 보실라오? 이것 참."

허리춤을 푸는 동작에 형은 내 등짝을 후려갈기면서 말했다.

"크하하하! 에끼, 이놈아! 알았다. 알았어."

형도 안다. 내 돈으로 가세가 이만큼 풀어진 것을. 그래서 없는 소리로 동생 한 푼이라도 아끼게 도와주려고 한다. 한데 어쩔쏘냐. 일단 술이나 마시고 봐야지. 흐흐흐.

언제나처럼 집에 가는 길목에 있는 노상에 펼쳐진 좌판으로 걸어갔다. 항상 가던 길, 가던 곳, 보던 술상, 천하에 더 없을 진기한 안주거리는 없더라도 삼삼하게 간 해진 나물과 고기는 얼마 들어 있지 않지만 맛은 끝내주는 비지전.

이 얼마나 그리운 맛이었던가.

"이씨 형제 아니여! 어이구, 일한 지 얼마나 되었다고 매일 술판이야!"

그리운 주인 할머니의 소리.

"에이, 술 팔아주러 오는 고마운 손님을 이런 식으로 받아도 괜찮아요? 이거 섭섭합니다."

"어이구, 이놈 상판대기 보게. 그 술 주는 사람이 바로 난데."

나의 말에 구수하게 대답하는 할매의 말솜씨에 입가는 절로 미소 지을 수밖에 없었다. 이런 소소한 일상. 얼마나 그리웠던가. 그리고 얼마나 바랐던가.

"하이고, 할머니. 알겠습니다. 그래도 우리 동생 녀석 첫 월봉인데 잠자코 있을 수가 있겠습니까? 조금만 마시겠습니다."

형은 다 이해하는 것처럼 할머니의 어깨에 손을 대고 토닥거리면서 자리에 앉았고 나도 더불어 엉덩이를 깔았다.

"맛은 있지만 어째 잔소리가 엄마보다 더한 거 같아."

나의 너스레에 형은 역척스럽게 웃으면서 말하였다.

"너 와서 기뻐서 그런다. 이놈아."

"크크. 알았소, 알아. 거참 또 사람 심각하게 굴기는."

나는 무안하게 볼을 긁으면서 말했다. 그 어린놈이 끌려가서 생사도 알지 못하고 흘러간 세월이 십여 년이었다. 지금은 살아 있지만, 나와 같이 끌려갔던 사람들이 거의 돌아오지 못한 것을 감안할 때 나의 생환은 기적에 가까웠다.

"허허, 내가 또 심각하게 굴었나. 이것 참. 술 사주는 사람 무안하게 만들었네. 하하하하."

형의 웃음소리에 나는 배시시 웃으면서 농으로 받아쳤다.

"그럼 오늘 정신이 달아날 정도로 마셔 보는 겁니까? 아주 내일 일어나지도 못 하게?"

"그래! 그래! 마셔보자! 하하하."

호탕하다. 생긴 것과 마찬가지로. 변하지 않아서 고맙소, 형님. 언제나 똑같이 있어주오.

*　　　*　　　*

"어찌하시려고 그러시옵니까!"

수도 장안의 황궁. 으리으리한 건물과 중원의 권위를 상징하는 대청의 넓이. 온통 황금색과 적색의 향연이 되어 있는 화려한 황궁의 한 침소에서 한사코 나가겠다는 여자와 그녀의 시비로 보이는 한 여자가 말싸움을 벌이고 있는 중이었다.

"만나겠다."

단호한 그녀의 목소리는 그 누구도 꺾을 수 없어 보였다. 가녀린 소녀의 형상을 하고 있지만 그녀의 몸에서 풍겨 나오는 기운은 가히 대장부의 것과 비슷하였다. 뒤로 넘긴 머리카락과 병색이 완연한 얼굴. 하지만 그 얼굴과는 다르게 그녀의 눈은 초롱초롱 하게 살아 있었다.

"만나서 어찌하시려고 그러십니까? 이미 떠난 지 한 달이나 되어가는 자를 어디서 찾겠습니까?"

"난 알아! 그 녀석이 어디 있는지! 분명 자신의 집에 돌아갔겠지!"

"하여 만나 무슨 말을 하실 겁니까?"

여자는 문득 발을 멈춰 섰다. 그를 보고 무슨 말을 해야 할까. 만나서 무슨 말을 해야 이 답답한 속내가 풀릴까.

여자의 행보가 멈춘 것을 본 시비는 그녀의 왼손을 두 손으로 꼬옥 붙잡으며 말하였다.

"그분이 말하셨지 않습니까? 어차피 되지 않을 것이라는 걸요."

여자는 그를 사랑했다. 남자도 여자를 사랑했다. 하지만 세상에는 사랑 말고 넘어야 할 게 너무 많았다. 자신은 황궁의 하나밖에 없는 공주. 중원의 평화를 위해서 희생해야 하는 존재였다.

자신이 그 모든 것을 버리고 떠난다 하면, 자신이 그 모든 것을 놓겠다 하면 그는 자신을 받아 줄 것인가.

공주는 고개를 흔들었다.

아니다. 그는 가기 전에 말했다. 아니, 그전에도 수없이 말하였다.

"이 종이 짝보다 가벼운 목숨줄. 당신들의 결정에 의해서 수없이 버려지는 목숨줄. 만약 내가 그런 위치에 섰다면, 당연히 희생할 겁니다. 설령 이 마음이 찢어지는 한이 있더라도."

인정할 수 없었다. 누가 공주로 태어나고 싶어 했는가. 누가 이런 삶을 선택하고 싶어 했는가. 원하는 사람이라면 이런 공주라는 직책 따위는 당장에라도 줘 버릴 것이다.

하나 그럴 수는 없다.

누가 뭐라고 하더라도 그녀는 공주. 책임을 질 수밖에.

"나보고 뭘 어찌하라고. 도대체…… 도대체…… 왜……."

하염없이 눈에서는 눈물이 흘러 나왔다. 그를 생각하면 할수록 가슴이 미어져 왔다. 이 마음 주체할 수 없어 힘들었다. 그 무엇으로도 그의 빈자리는 채워 넣지 못하였다. 도대체 이런 허무감을 안고 누구에게 가라는 것인가. 이런 감정을 안고 누구에게 숨기라는 것인가.

“마마, 흐흑.”
　황궁의 공허한 대전 앞에서의 촌극은 행복하지는 않게 마
무리 지어졌다.

第四章

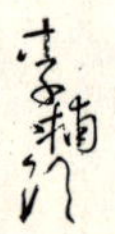

“후악! 이런 젠장!”

꿈에 그 얼굴이 나타났다. 젠장! 육시랄! 다 지워졌다고 믿었는데 왜 나타나고 그러는지 모르겠다. 잠자리가 뒤숭숭하더니, 마시던 술이 괜스레 안 좋은 추억거리까지 꺼낼 줄은 몰랐다.

“아이고, 속이야.”

밤에 어떻게 들어 왔는지 모를 정도로 마시고는 새벽 어스름해서 일어났다. 더 자려고 해도 군문의 습관이 몸에 배었는지 이렇게 한시도 빠지지 않고 정각에 일어난다.

아픈 속을 부여잡고 냉수로 속이라도 차릴 요량으로 밖으로 나오는데, 어디선가 음식 냄새가 나직하니 풍겨왔다.

"헤헤. 이게 무슨 냄새예요? 엄마?"

"일어 나셨소? 우리 두 아들내미께서 술이 거나하게 취해서 오는 통에 이 어미가 고생이다."

나는 어머니가 부엌일을 하는 곳으로 슬며시 발을 옮겨서, 어머니의 어깨를 잡고 조물조물 눌러 주면서 말하였다.

"헤헤, 엄마 없으면 어떻게 살까. 헤헤"

"어이구, 이게 장가갈 생각은 안 하고."

이런 얼굴로 재롱을 부려 보았자 보는 사람 입장에는 무서운 광경이겠지만, 어머니 입장에서는 막내의 장난일 뿐이었다.

"히히, 엄마하고 평생 살면 되지."

"하이고, 얼마나 더 어미 고생시킬래. 어여 장가가서 며늘아기 좀 보자꾸나."

"헤헤, 그건 그렇고 누나랑 형은?"

나는 말의 주제를 돌려서 누나와 형에 대해 물었다. 어머니는 당연하다는 듯이 말하였다.

"당연히 일하러 나갔지. 어여 너도 챙겨 먹고 출근해. 좀 있으면 해 뜨겠다."

하여간 이 집은 너무 부지런해. 쯧. 그래도 뭐, 그래야 사람

사는 꼴이니. 자자, 오늘도 즐거운 출근을 해봅시다. 오전에 관아에 들려서 우리 애들 월봉 찾아와야 하고. 이것저것 처리할 일도 있으니! 으랏챠!

어머니가 끓여주는 해장국을 한 그릇 뚝딱 먹었더니, 속이 시원하게 풀어지는 느낌이다. 어제 먹은 술도 술 같지 않았는지 숙취도 얼마 없었다. 하여간 그 술집 안주하고 술이 너무 잘 맞는다니까. 한번 마시면 한도 끝도 없이 들어간다니까.

이제 슬슬 나가볼까?

나온 지 얼마 되지 않아 해가 떠서 뜨거운 열기를 발산하고 있을 무렵. 장하현의 저잣거리를 지나서 관아로 들어가는 중이었다.

상사에게 뇌물을 먹이는 것은 크게 두 종류다. 하나는 상납이고, 또 하나는 챙겨 주는 것이다. 물론 위에서 보기에는 상납을 하면 편하고 좋겠지만, 아래서 줄 때에는 이보다 더 고역이 없다. 꾸준하게 챙겨 주어야 하는데, 뇌물을 누가 꾸준하게 줄 것이며, 얼마를 줄 것인지 알 수도 없지 않는가. 더군다나 나처럼 위험부담이 없는 돈을 받으려면 상납보다는 챙겨 주는 쪽이 좋다.

똑똑.

"음? 자네가 무슨 일인가?"

아침부터 무슨 일이긴 너 만나러 왔지.

"하하, 안녕하십니까. 포교님. 좋은 아침 입니다."

"음, 나도 안녕하네."

"아, 다름이 아니오라 길에서 걸어오는 길에 무엇을 하나 주었는데 혹시 포교님 건가 해서 말입니다."

나는 주섬주섬 품 안에서 어제 받아온 파란색 전낭을 포교의 책상에 살포시 안 보이게 놓아두었다. 원래 뇌물은 보일 듯 말 듯 줘야 한다. 그래야지 너무 노골적이지도 않고 받는 상대방도 슬렁슬렁 넘어가기 때문이다.

"으음? 허허, 거참. 크흠, 고맙네. 거 사람하고는. 능력이 없이 보였는데 그래도 나 포두보다는 훨씬 낫군. 허허허."

구 포교의 얼굴이 밝아졌다.

어제의 보고서의 아픔을 깔끔하게 씻는 방법이다. 세상에 돈 싫어하는 사람은 별로 없다. 심지어 돈이 많은 놈도 돈을 좋아하는 세상이 아닌가. 아무튼 이제 챙겨주기 위한 포석을 깔아 놔야지.

"얼마 되지는 않습니다. 하하. 먹고 배탈이 나면 안 되니 조금씩만 먹으려고 합니다."

많이 먹다가 걸리면 큰일이니까. 당신이 책임져 줄 건 아니잖아?

구 포교도 능구렁이가 같은 사람이었다.

“허어, 이 사람. 배탈이 나면 쓰나. 그래도 같이 나눠 먹는 거 보니 군문에서 교육을 잘 받았구만. 허허허.”

저 말은 먹다가 걸리면 네 책임이다. 그렇지만 그 동안까지는 무조건 나도 챙겨줘, 라는 뜻이다.

나쁜 놈. 아니지, 그래도 괜찮다. 이 정도까지는 뭐 그리 나쁘지 않다.

“하하, 이 사람 믿어 주십시오. 매일은 아니더라도 가끔은 고마움을 표현할 줄 아는 사람이옵니다. 하하하.”

“그래, 그래. 안전제일이지. 크흠. 뭐, 계속 좋은 관계 유지해 나가게나. 그럼 더 볼일 있나?”

“소인도 이만 근무지로 가봐야지요. 나중에 별일 생기시면 꼭 좀 연락 바랍니다.”

여기서 ‘별일’은 감사다. 즉, 감사 뜨면 알려달라는 뜻이다. 걸리면 나 혼자 안 죽을 테니.

구 포교는 허허롭게 웃으며 갔다.

뭐 충분히 알아들었겠지.

사실 뇌물이라는 것이 적절하게 쓰기만 한다면 삶에 기름칠이 되고, 하는 일에 활력소가 된다. 이와 같은 표현은 ‘선물’이다. 사실상 뇌물이 어감이 별로 좋지 않아서 선물로 바꿨을 뿐이지. 의미는 별반 다를 바가 없다.

월봉 찾아가는 날에 몇 푼이라도 찔러 넣어줘야지 직장 생활이 편할 것이다. 또 그렇게 몇 번 받아먹고 친분이 생기다 보면 자잘한 것들은 눈감아 주기도 하고 말이다.

나는 포졸들의 월봉을 챙겨서 포관으로 걸어가고 있었다. 주변에는 이제야 장이 들어섰는지 사람들이 자신의 점포의 문을 열고 여러 가지 물건을 진열하고, 자신의 일을 처리하고 있었다. 그러고 보니 누님의 일터도 한번 찾아 봐야 하는데. 온 뒤로는 일에 치여서 며칠 보고 못 봤네.

현에서 꽤나 큰 포목점에서 옷감 작업을 하고 있다고는 들었는데, 얼굴이라도 한번 비춰서 동생이 포두라는 사실을 알 게끔 해줘야지 않겠나 싶다.

그래야지 어중이떠중이들이 건드릴 생각을 안 하지. 그래도 포두면 현에서 꽤나 힘깨나 쓰는 직종에 속하는 편 아닌가.

"포두님 오셨습니까!"

"포두 형님!"

"형님!"

"오셨습니까."

이런 저런 생각 끝에 포관에 도착하자, 웬 흑도무리가 나에게 인사하는 줄 알았다. 저 장씨 형제의 말투가 거슬리기는 했지만, 덩치가 워낙 크니 그러려니 하였다.

나는 간단하게 손을 들어 인사한 후에 관아에서 나온 월봉이 들어 있는 전낭을 팽이현에게 넘긴 후에 중앙 계단에 올라서서 아침 업무를 시작하려고 하였다. 하지만 그때 장씨 형제 중 맏형인 장호팔이 나에게 갑자기 큰절을 하였다.

"감사합니다. 포두 형님!"

"음?"

"이 장호팔! 잠시 사회에 있을 때 이 한 몸 믿고 혈기 넘치게 다녔으나 관에 몸담기 각오하고 개과천선하여 포졸이 되었습니다. 하지만 하는 일에 비해 남루하기 그지없었습니다. 하지만 어제 포두님께서 나누어 주신 돈 덕분에 집에서 남자 구실을 제대로 해보았습니다! 감사합니다!"

"어어, 그래. 알았네. 일어나고 업무 시작하세나."

나는 별것도 아니라는 듯이 손에 들린 업무 일지를 보았다. 어제 네 명이 자신의 맡은 구역에 관해서 자잘한 이야기가 쓰여 있을 뿐 별 다른 큰일은 없는 것 같았다.

"크흑, 이 장호팔! 이제껏 마누라에게 당했던 것만 생각하면."

"그건 그렇고. 정 포졸."

"……."

아무 말도 없이 내 부름에 시큰둥하게 쳐다보는 정 포졸을 불렀다. 나는 장호팔이 뭐라고 떠드는지 신경도 쓰지 않고 아침 업무를 보았다.

“여기 체포 구금되어 있다가 다시 그어 놓은 것은 뭔가?”

“그건.”

“아, 포두님 그건 제가 말씀 드리겠습니다.”

정육이 말하기 전에 팽이현이 정육의 말을 가로막으면서 말 하였다.

“이 친구가 워낙 딱딱해서, 하하. 어제 무슨 일이 있어냐 하면.”

팽이현의 말에 의하면 이렇다. 정육은 꽤나 바른생활 포졸이었다. 하나의 흐트러짐 없이 처신하고 오로지 책에 적혀 있는 대로 따르는 고지식한 인물이었다. 그래서 그런지 유독 그냥 넘어가도 좋을 상황을 악화시켜서 체포 구금할 경우가 많았는데 어제도 그런 상황의 하나였다.

점심을 먹고 나른하게 낮잠을 자고 일어나던 사람이 강에 소변보다가 잡힌 게 하나고, 그 강에 세수한 사람을 잡은 게 또 하나였다.

나는 의문이 생겨서 정육에게 다시 물었다.

“소변보다가 잡힌 건 이해가 가는데, 세수하는 사람은 왜 잡았나?”

“소변보는 사람 바로 옆에서 세수하였다.”

윽. 뭐야?

“모를 수도 있지 않나? 아무래도 피의자 같은데?”

"마시려고 하였다."

"……."

나는 순간 말문이 막혔다. 팽이현을 쳐다보았다. 아주 썩어가는 얼굴로. 상상만 해도 썩는다.

"그게 소변본 사람은 여자이고, 세수한 사람은 남자입니다."

"그럼 남자를 잡아 들였어야지."

나의 말에 팽이현은 머리를 집으면서 말을 이었다.

"둘이 부부였습니다."

아, 취향 참.

"크흠, 아침부터 별 해괴한. 자자, 오늘 월봉이 나왔으니 행정관에게 들려서 지급 받도록 하고, 별문제가 없으면 점심 시간에 보세나. 해산."

세상이 흉흉해지니 별 이상한 사람들이 날뛰는가 보다. 소변으로 세수하는 사이라. 어우, 속이 이상하군. 어제 먹는 술이 넘어 오겠어.

장씨 형제의 푸념을 한 귀로 듣고 한 귀로 흘리면서 근무지로 재촉을 한 다음 나는 어제 업무일지를 간략하게 정리했다. 뭐 간략하게 정리한다고 쳐도 몇 가지 특이 사항을 적는 것 빼고는 똑같았다.

"어제 많이들 고마워하였습니다. 전부다 나 포두의 전횡이

극에 달해 있는 상황인데, 거기서 그래도 숨통이라도 트일 수 있게 해주셨으니 말입니다.”

팽이현의 나지막한 말에 나는 그냥 고개를 끄덕거릴 뿐이었다.

“언제까지 할 수 있을지 몰라도 오래 맡아 주십시오.”

“죽을 때까지 할 거야. 관에 못 박히는 그 순간까지.”

나는 심드렁하게 대답하고, 월봉 기입란과 업무일지에 몰두하였다.

이것만 마치고 나면 오늘 할 일도 없다. 별 특이한 일만 없으면 말이다. 오늘은 월봉도 좀 있겠다 현으로 점심이나 먹으로 나가 볼까?

“아, 그러고 보니 오늘 상단 검수는 있나?”

“뭐, 당연한 말씀을. 항상 있습니다.”

그래. 미안하다. 당연한 거 물어봐서. 별 특이한 일이 바로 생기는군. 점심은 나가서 먹기 틀렸네.

“물품 목록은 들어 왔나? 하긴 이제 포두 삼 일째인데 다른 상단은 알 턱이 있나. 일단 상단에 들어오는 목록은 작성해 놓았나?”

나의 물음에 팽이현은 무언가를 뒤척이다가 종이 하나를 찾아서 나에게 가져 왔다.

“음? 뭐야? 이건.”

언뜻 보아도 오래된 한지에는 한 달에 정기적으로 들어오
는 상단 목록이 적혀 있었다.

"오, 이런 걸 언제 작성해 둔거야? 다시 봤어."

뭔가 칭찬해 주었더니 팽이현은 입맛을 다시면서 말하였
다.

"나 포두가 작성한 목록입니다. 언제 올 지는 알아야 하
니……."

끝말을 흐리면서 어투가 굉장히 싱거웠다.

이거 하나는 확실하군. 자기 챙길 거는 확실하게 챙기겠다
는 말 아닌가. 이런 부정부패의 부지런한 어른이 같으니라고.

"알았다, 알았어. 자자, 검수하러 가봅시다."

기지개를 피면서 상단이 기다리고 있는 포구로 발걸음을
옮겼다. 뭐, 필요한 서류 작업 이외에는 불필요한 것들이 없
었긴 하지만 귀찮은 작업이기도 하였다. 상단에서 제출한 목
록을 일일이 확인을 해봐야 하는 번거로움도 있었으니까.

하지만 나의 이 뛰어난 눈썰미는 그러한 귀찮음을 한방에
날려주는 좋은 감각이다.

"안녕하십니까. 포두 나리. 이명 상단의 부단주 나칠웅이
옵니다."

"어이구, 이거 멀리 오셨습니다. 자자, 빨리빨리 처리하고
지나갑시다."

　본시 찔러주는 전낭의 무게에게 따라서 물품에 위험도가 증가하는 법이지만, 처음부터 뇌물을 요구하면 부패한 포두와 다를 것이 무엇인가?

　주는 것만 받자. 이러면 먹고 큰일이 날 이유도 없다.

　"오, 폭죽을 취급하시는군요. 관패 좀 봅시다."

　화약을 취급하는 위험물일 경우는 관아에서 발급하는 패가 따로 있다. 물론 사람들의 여가용으로 이용되곤 하는 폭죽이지만 엄연히 폭약 종류이지 않은가?

　"하우, 이것 참. 이거 왜 이러십니까. 손이 번거롭게요. 자자, 이거 얼마 안 되지만."

　스리슬쩍 찔러주는 솜씨가 예사 솜씨가 아니었다. 또한 전낭의 무게도 묵직한 것을 보니 먹으면, 이건 탈 날 가능성이 컸다. 더군다나 화약 아닌가?

　"어이쿠, 이런 건 안 주셔도 되고. 관패나 좀 봅시다. 말이 험해지기 전에 체면 좀 살려드리리다."

　나는 품에서 전낭을 꺼내어 부단주에게 다시금 넘겨주면서 인상을 찌푸리며 이야기하였다.

　단호한 말에 부단주인 나칠옹은 잠시 당황하는 표정을 짓더니 이내 그 전낭에 뭔가를 더해서 품에 찔러 주는 것이었다.

　"어허, 사람이 좋게 말을 해도. 이 자리에서 당장 포박하여 압송을 할까요. 면 살려 드릴 때 어서 관패를 제출하시오.”

찔러주는 나칠옹의 손목을 다시금 그 사람의 가슴팍으로 밀어 붙였다.

“아, 이런 이런. 처음 오신 포두 분이시라 딱딱하네 이거. 거참 좋게 좋게 푸시면 안 되나.”

나칠옹은 끊임없이 무언가를 중얼거리면서 사람을 태운 마차에 무언가를 말하였고, 곧이어 마차 안에서 날카롭고 굉장히 꼬질꼬질하게 따질 것 같은 중년의 남성이 내렸다.

상단주 납시는군. 하긴 관패는 한 개밖에 나오지 않는데, 그것을 부단주에게 맡기겠는가. 하지만 찔러 넣어주는 전낭의 무게가 예사롭지 않은 걸로 봐서는 결코 합법적으로 처리하는 인물들은 아닌 듯 보인다.

“이거 실례가 많았소. 그냥 관패만 보여 줬으면 된 것을. 자아, 여기 있소이다.”

별로 썩 내키지 않은 말투로 자신의 소매 안에서 관패를 꺼내 주는 중년인의 얼굴은 담담한 표정이었다.

그리고 난 관패를 가만히 쳐다보고 말하였다.

“가짜네.”

보통 관패의 확인 유무는 꽤나 교육을 받은 포두나 포교만 알고 있다. 지방의 포두는 모를 수도 있는 노릇이었다. 물론 수도가 코앞인데 포두가 그런 기본적인 교육도 받지 않겠는

가? 물론 나야 교육을 안 받았어도 군문에서 굴러먹던 기본이
있지.

나의 말에 그 중년인은 순간 당황한 표정을 지었다. 하나
다시금 담담한 표정으로 물어왔다.

"일개 포두 주제에 관에서 내준 패를 의심하는 것인가?"

"의심이 아니라 이건 그냥 가짜인뎁쇼? 누가 위조했는지
몰라도 관패 좀 제대로 위조하라고 하쇼. 관패는 음각이 아니
라 양각으로 새겨진다고도 전해 주시고."

찍어내는 패가 아니다. 이건 두드려서 만드는 패인 것이
다.

"흐흠? 그런가? 이런 나름 비싼 돈 주고 만들었는데."

우그득.

위조된 패라도 주물로 만든 청동이다. 그걸 한손으로 우그
려드리다니. 강호인 중에서도 고수에 속했다.

"추포 안 하는가? 관패 위조에 불법 화약까지 취급하니 추
포해야지."

그 중년인은 내가 죄를 지었으니 어서 잡아가라는 식으로
두 손을 내밀었다.

이건 뭐, 배짱이 대단하군. 전혀 당황하는 기색이 없어. 이
런 경우 두 가지 경우 중 하나다. 첫째는 뒷배가 단단하게 있
는 경우, 두 번째는 자신의 실력이 차고 넘치는 경우다.

이 같은 경우는 후자가 더 유력하겠군.

"관패 증명 발급은 저희 관아에서도 합니다. 저 정도 화약을 취급할 정도면 간덩이가 부은 경우가 아니면 불가능한데. 자아, 그러면 어찌 되었든 당신은 관과 관련이 있겠군요. 내 추론이 틀렸소? 어차피 여기서 당신을 추포한다 해도 금방 풀려나겠지."

사실은 저 무력이 무서워서 그런 것이다. 저 구부러지는 게 청동이 아니라 내 목이었다면. 어후, 생각만 해도 끔찍하다.

"흠, 그렇지. 아주 멍청한 포두는 아니군."

그리고 곧이어 다른 소매에서 관패를 꺼내서 보여 주었다.

진품인 관패. 정확하다.

"어이쿠, 그냥 보여 주셨으면 간단했을 것을. 자자, 지나가십시오."

나는 입꼬리를 슬며시 올리면서 그 중년인에게 말하였다.

얼굴은 이렇게 보여도 생긴 만큼은 무식하지 않단다. 이 건방진 중년아. 얼굴은 광대뼈 튀어나온 쥐처럼 생겨 가지고.

"그러세. 다음에 또 보세나."

그 중년인은 간단히 말하고는 쌀쌀맞게 뒤돌아서 자신이 내렸던 마차로 되돌아가기 시작했다.

다음에 또 만나면 하루 종일 검사만 해주마.

"아, 그러고 보니. 여기 있네."

팅.

그 중년인은 무언가 잃은 게 있다는 듯이, 뒤돌아보더니 나에게 무엇인가를 튕겼다.

소리를 들어보니 돈, 그것도 은자 이상의 묵직한 무게감이 느껴졌다.

나는 손을 들어 그것을 낚아챘다. 역시나 내 느낌은 정확했다.

금원보 한 냥.

은자 백 냥이 금원보 한 냥이다. 어제 받는 액수하고는 차원이 틀렸다.

큰물이긴 하군. 금원보 하나를 그냥 주다니.

나는 받아 들었던 손을 그대로 좌우로 흔들면서 안녕을 고했다. 다른 상단을 검수하러 눈을 돌렸다.

"흐흠, 오늘은 이걸로 만족하고 더는 받지 말아야겠군."

좌우지간 사람은 적당히 받아야 한다. 적당히.

"왜 이리 오래 걸렸나?"

이원생이 쥐처럼 생겼다고 했던 중년인이 마차에 타자마자 질문을 받았다. 그 중년인은 그 질문의 진원지를 지긋하게 쳐다보면서 입을 열었다.

"위조패를 알아보는 자가 있었습니다."

담담한 중년인의 말에 질문을 하였던 사람은 마차의 어두운 부분에서 자신의 모습을 끌어내었다.

‘저 모습은 언제 보아도 적응이 되지 않는군.’

중년인은 자신에게 질문을 던졌던 남자의 모습을 지긋하게 쳐다보면서 생각했다. 중년인의 평가는 정확했다. 그 사내의 모습은 기괴하기 짝이 없었다.

검은 얼굴. 물론 원래부터 검은 얼굴이 아니었다. 푹 들어간 눈, 초점 없는 눈동자, 거기다가 시커멓게 검은 얼굴이라니.

“그 위조패를 만든 놈. 죽이길 잘했군. 어차피 죽을 목숨이었던 것을. 그래서 진짜 관패를 보여 주었나?”

“그렇습니다.”

“관패를 알아보는 포두라니. 그래도 장안 근처라 이건가? 크흐흐흐.”

포두의 태반이 글을 못 읽는다는 것을 감안할 때, 위조패를 알아보는 것만으로도 웬만큼 교육을 받았는지 구분이 가능할 정도였다.

검은 사내는 비정하게 웃으면서 다시금 몸을 마차 깊숙이 눕혔다.

‘명교의 사대 장로 중 하나인 독인 갈마추! 독인지체까지 이루었다는 말이 사실이었구나. 단지 어둠에 자신의 몸을 눕

혔을 뿐인데 기척도 없다니.'

독인지체. 독물을 취급하는 사람들로서는 최고의 경지다. 독물에 몸이 비산되어 한줌의 독물로 변하든지, 아니면 평생 아무것도 할 수 없는 불구의 몸으로 남든지. 독공을 연마하는 사람은 두 길 중 하나를 택하길 마련이다.

독공은 배우기는 쉽고, 고수가 되기도 쉽다. 하지만 결국에는 불구나 독물로 변해 버리니 그 무공은 어지간해서는 배우지 않는 무공이었다. 하지만 이 독공의 극의를 깨달으면 그 어떤 무공의 고수도 함부로 할 수 없는 몸이 되는데, 그것이 바로 독과 자신의 몸이 하나가 되는 독인지체다.

지금껏 이 독인지체를 이루었다고 하는 사람은 강호에 단 두 사람만뿐이다. 하나는 명교의 갈마추, 다른 한 사람은 독의 최타백이다. 수많은 사람이 독공의 접근성 때문에 손을 대었지만 결국 독인지체를 이룬 사람은 이 둘뿐. 아무도 없었다. 그만큼 이루기 어려운 경지였다.

그리고 그 중 하나인, 그것도 명교의 사대 장로인 갈마추가 중원의 수도 장안으로 들어가는 것이다.

'황실은 어떻게 이 사내를 감내해 낼 것인가!'

중년인의 미간은 좁아지기 시작했다. 이미 패는 던져졌고, 중년인은 따라야 한다.

'어쩌면 화살받이가 될 수도 있는 노릇이겠군.'

　황실의 초청으로 간다고는 하지만 어떠한 일이 생길지는 아무도 모른다.

　중년인이 이명상단의 상단주가 된 지 어연 이십 년. 그동안 무인으로서 명성도 쌓았고, 상단의 부도 쌓았다.

　하지만 이번의 일로 자신이 이뤄놓은 상단이 거상이 될지, 아니면 사막의 먼지로 사라질지 예측할 수 없는 상황이었다.

　'후— 거래를 받아들이는 게 아니었는데.'

　후회가 들었다. 하나 이제 와서는 어쩔 수 없었다. 이미 자신은 다리를 건넜고, 되돌아갈 다리는 없었다.

　중년의 미간은 더욱 좁아져 갈 뿐이었다.

　"일단은 강 건너 포구 관리에게는 말을 해줘야겠군."

　아무리 관패를 보여줬다고는 하나 그래도 화약 아닌가. 그리고 사람이 타는 마차 안에 꺼림칙한 기운이 감돌던데. 이거 뒤가 간지러워서 살겠나.

　나는 나머지 두 상단의 검수를 간단히 정리하고, 이명상단이 출발하기 전에 출발하는 뱃사공을 찾아 부탁하였다.

　"그럼 부탁합니다. 쾌속으로 가셔야 합니다."

　"어이구, 내가 누구 부탁이라고. 원태 동생 아닌가? 내 지금 당장 출발합세."

　흠, 늦지는 않아야 할 텐데 말이야.

형의 동생이라는 것이 이럴 때는 쓸 만하다. 이런 자질구레한 부탁도 들어주는 것을 보면 말이다.

이로써 오전의 일과는 끝이다. 오후에 검수 받을 상단이 없는 한 퇴근 전까지는 시간이 있을 것이다. 이런 것도 공무를 집행하는 사람의 장점이긴 하다. 자신의 일만 마치면 나머지 일과는 자가 발전을 위해서 쓸 수 있으니 말이다. 물론 어느 정도 지위가 있다는 가정 아래.

나는 뒷짐을 짊어지고 점심을 먹으러 식당으로 발을 옮겼다. 언뜻 보면 영락없는 중년의 닳고 닳은 사람 같지만, 속 알맹이는 탱글탱글한 한 많은 젊은이다.

'처음부터 늙은 것은 아니지.'

곰곰이 생각하니 자질구레한 기억들이 새록새록 떠올랐다. 첫 사랑의 아픔이라든지 첫 경험의 순진함이라든지. 지금 생각해 보면 부끄럽기 짝이 없는 짓이었지만 그때는 그게 전부인 줄 알았던 시절이었다.

'한데 문제는 그 경험들이 전부다 군문에서 벌어졌다는 것이지.'

젠장!

"포두님 오셨습니까? 자리 맡아 놓았습니다."

먼저 온 팽이현과 다른 포졸들이 나를 보고 일어나서 반겼다. 녀석들 돈 냄새를 맡았나?

"거참, 자네들은 나보다 한가하나 보군. 이렇게 먼저 점심을 먹으러 나오다니."

은근슬쩍 불편한 심기를 보여서 살짝 떠 보았다.

그러자 정육을 빼놓고 전부 뒤통수를 긁으면서 고개를 수그렸다. 그 모습을 보고 가만있을 내가 아니었다.

"농일세. 거참, 웃으라고 한 이야기인데. 사람 무안하게."

"그런 표정으로 아무도 농이라고 생각하지는 않지."

정육은 자리에 앉는 나를 보면서 그 평안하고 담담한 어투로 말하였다.

나는 흐뭇하게 웃으면서 정육을 쳐다보며 말했다.

"어이구, 알았습니다. 나으리. 자자, 표정 풀고 밥이나 먹자고."

비꼬는 말을 알아들었는지, 정육이 뭐라고 하려는 차에 팽이현이 급하게 말을 막으면서 분위기를 차분하게 가라앉혔다.

"하하, 포두님 농이 너무 어려웠나 봅니다. 아무튼 오후에 검수 받을 상단은 없으니, 어찌하시겠습니까?"

화제를 전환하는 건 순간이다. 또한 이것도 기회를 잘 맞추어야 하는데, 팽이현은 그 기회를 잘 이용하여 이 애매한 상황을 부드럽게 이어 나갔다.

꽤 능력이 있군. 역시 내가 사람 보는 눈은 있어가지고. 후후후.

"흐흠, 글쎄. 일단은 들어가서 검수 상단에 대한 보고서 작성을 한 다음 생각해 보지. 뭐, 그것만으로도 시간을 꽤나 잡아먹을 듯한데."

"아, 예. 하하. 알겠습니다. 자자, 밥이 나왔으니 먹도록 하죠. 국밥은 식으면 맛이 없어집니다."

그래, 그래. 먹어야지. 먹고 살자고 하는 짓인데. 근데 왜 이 더운 여름날 국밥을 먹고 있는 거야? 음? 왜? 도대체?

후르르륵! 찹찹!

우물우물. 후욱.

잘도 먹는군. 장씨 형제는 나중에 저걸로 장터에 나가서 사업해도 되겠어. 먹는 것을 보여주고, 입맛을 돋아 주는 효과를 얻는 그런 사업. 먹는 모습만으로 군침이 흐르게 하는 것은 참 어려운 일인데 말이지.

정육이라는 사람은 확실하게 교육을 받은 티가 나는군. 먹는 모습에서조차 격식이 느껴지니. 창을 쓰는 집안이 어디가 있더라? 저 정도로 창을 연마했다면 보통 집안이 아닌데 말이지.

검은 만일, 도는 천일, 창은 백일이라는 말이 있다. 창은 그 길이만큼이나 배우기가 쉽고, 살상력도 강하다. 하지만 그 긴 길이 때문에 배우기는 쉽지만, 대성하기는 어렵다. 그런 창을 전문적으로 무공으로 창시한 집안은 군문에 오랜 세월 동안 위탁한 집안이 아니면 찾아보기 어렵다. 그만큼 창은 무림에서 꺼려하는 무기이기도 하였다.

물론 소림사나 곤륜, 개방의 봉이 있지만 사실 그건 정확히 보면 창과는 성격이 다른 무공이다. 비교하면 곤란하다.

군문에서 창을 저 정도로 가르칠 수 있는 가문은 현재 황군의 금군 소속인 장만호 장군, 그리고 그와 쌍벽을 이루는 동창의 최양문 장군뿐이다. 장씨 가문과 최씨 가문. 정육은 그 두 가문 중 하나에 소속될 가능성이 컸다.

'뭐, 나중에 차차 알아 가면 되겠지. 아직 한 달도 안 되었는데.'

느긋하게 마음을 먹어야 한다. 그 사람을 파악하려면 무릇 십 년을 두고 봐야 한다고 하지 않는가!

'그전에 짤리지만 않으면 되겠는데 말이지.'

물론 해고당하지 않는다는 가정 아래 말이다.

이런 저런 생각 중에 점심을 다 챙겨 먹고 나서 식당 앞에서 간단한 보고를 받고, 팽이현과 나는 포관으로 이동하였다.

찌는 듯한 더위에 강가로 가서 멱이나 감을까? 라고 생각하다가도 나중에 어떻게 몸을 닦을까 하는 생각이 다시 들어서 포기한다.

참 신기하게도 이성과 감성은 줄기차게 싸우긴 하지만, 항상 이기는 건 이성이다.

"정육 이 친구, 원래 무뚝뚝한 편은 아니었는데 전임 포두 때문에 사람을 믿지 못하게 된 거 같습니다."

이런 저런 생각을 하고 걷고 있는데, 팽이현이 먼저 입을 떼면서 말하였다.

이야, 나 포두라는 놈. 이제 사람의 정신에까지 피해를 입히네. 만약 군문에 있었으면 사상 최악의 고문관이 될 것 같군.

"아아, 괜찮아. 맡은 바 일만 잘하면 되었지. 보아하니 그래도 몸이 어느 정도 만들어져 있더구만."

"하하. 뭐, 이 친구 박투는 저희 현에서 장씨 형제와 호각이면 호각이지 밀리진 않을 것입니다."

"호오? 그래?"

난 미리 알았단다. 그리고 박투보다 창을 더 잘 쓸 거야.

"원래 이 포구에 수적이 별로 없었는데, 전쟁 이후로 관 세력이 많이 약해지니 그 틈을 타서 세력을 키웠나 봅니다. 그래도 장안과 강 하나 사이인데 수적이 이정도인 것을 보면 다른 지역은 더 심하겠죠."

갑자기 주제와 상관없는 이야기하네?

"아무튼 현에서 박투로 따지면 장씨 형제와 정육 저 친구를 따라갈 사람이 없습니다. 하하, 그래서 포구에 한꺼번에 몰려 있는 거죠."

아아, 그 주제였어. 난 또.

이야기는 이렇다. 원체 포구는 현금 거래가 많다 보니 수적들이 많이 노리는 지역이다. 그러다 보니 항상 현에서는 사람이 부족하고, 포구는 위험하니 인력적인 문제로 차라리 전투에 소질이 있는 사람을 배치하여 최대한 효과를 노리자고 하는 것이다.

그러다 보니 박투에 능한 인재들이 모여 있다는 말이겠지.

"흠. 그리고 보니 포구에 수적들이 잘 보이지 않더군. 그것도 관련이 있나?"

"하하, 저도 모르겠습니다. 정육 저 친구가 들어오고 나서부터 수적의 출몰 빈도가 거의 없다시피 했으니 말입니다."

저놈 혹시 귀찮다고 수적 본체에 들어가서 쓸어버린 거 아니야? 무서운 놈일세 그래? 아무리 생각해도 그런 경우밖에 없는데 말이지.

나도 잘 보여야겠군. 이러다가 쥐도 세도 모르게 창끝에 갈라지는 거 아니야, 이거?

"흐흠. 뭐, 그렇다 치고. 아아, 팽 포졸."

포관에 도착하여 각자 자리로 돌아가 일을 보려고 하려는 찰나 나는 내 품에 있는 금원보 하나를 꺼내서 팽이현에게 던져 주었다.

“어? 이게 뭡니까?”

금원보를 받아든 팽이현의 눈이 휘둥그레졌다.

“오늘 수익. 은자로 바꿔서 반은 나머지 포졸들이랑 나눠 갖고 반만 가져와. 그리고 그런 큰돈은 자주 없을 테니 아껴서 사용하라고 일러두고. 알아들어?”

한마디로 티 나지 않게 사용하라는 말이다.

“하아— 감사합니다.”

한숨을 크게 내쉬면서 말하는 팽이현의 말에 많은 애환과 아픔이 느껴졌다. 하여간 돈 때문에 사람들의 걱정이 태산이긴 하였다. 포졸 월봉이 한 달에 은자 스무 냥이니.

돈을 많이 벌지 못한다는 뱃사공 월봉이 서른 냥에서 스무 냥 정도이니. 뱃사공 월봉밖에 되지 않는 형편이었다. 한 달에 못해도 가정이 있는 사람은 은자 서른 냥은 가볍게 들어간다. 정말 절약에 절약을 계속하지 않으면 입에 겨우 풀칠만 하는 형편이다.

거기다가 근 몇 개월간 나 포두의 착취를 당했으니 그들로서는 그만두지 않은 게 용했다. 어쨌든 그런 상황에서 이제 자기네들 집에도 조금은 보탬이 되는지 전부 얼굴이 펴져 있음이었다.

“아아, 뭐 그런 거 가지고 감사할 필요는 없고. 아무튼 일이나 시작해 보세나. 얼른 얼른 끝내고 퇴근해야지.”

사실 우리 같은 공무원은 칼퇴근이다. 우리에게 야근이란 있을 수가 없다! 그리고 있어서도 안 된다!

뭐 다른 방법도 있다. 내가 야근하는 게 아니라 내 밑에 있는 사람들이 뛰게 하는 거다. 바로 계급이 깡패지.

"퇴근 시간은 지켜 주시는 게……."

"어허, 자고로 공무 집행하는 사람은 치안 안정을 위해서 불철주야 노력하는 것이 당연한 일. 그러므로 팽 포졸, 당직 해볼래?"

이 말에 팽이현이 움찔했다.

"하하하, 포두님은 퇴근하셔도 됩니다. 하하하. 이 팽이현이 누굽니까!"

녀석. 몸은 싫다고 하는데 입은 좋다고 하는걸. 크크크.

좋다. 아무래도 포두는 천직인 것 같았다.

第五章

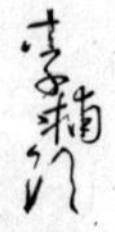

"하순절이 다가 왔다."

의미심장한 나의 한마디에 앞에 있는 포졸들은 그게 뭐 어때서라는 식의 반응을 보였다. 나도 포두 생활 이제 한 달 차에 하순절이고 나발이고 상관이 있으려나 싶지만, 그게 아니었다. 원체 사람이 많이 몰리는 축제 기간에는 없는 사건 사고도 터진다.

거기에 하순절은 중추절과 더불어 중원에서 일 년에 두 번 있는 큰 행사였다. 물론 명절이라고도 하지만 하순절의 의미는 단순히 여름을 잘 넘기자는 뜻으로 하는 축제의 성격을 가지고 있었다. 그러다 보니 사람들의 정신이 조금은 훅, 풀리는 경향이 있다.

"팽 포졸, 저번에 하순절에는 어떻게 대처했는가?"

나는 엄중한 목소리로 관료의 특유 어투를 살려서 팽이현에게 물었다. 이런 엄중하고 근엄한 포두의 모습을 처음 봤겠지. 후훗, 이제 한 달이 지나니 나도 관직에 맞는 행동을 해야 되지 않겠어? 후후훗.

뭐, 나의 이러한 생각과는 정반대로 팽이현은 살포시 그런 나의 모습을 지려 밟아 주었다.

"하하, 뭐 별거 없었는데요."

"사건도?"

"에……. 그때 가장 큰 사건이 주막에 있던 개가 더위 먹어서 객사한 것 외에는 없었으니까요."

"사고도?"

"글쎄, 개 죽은 거 외에는 없었다니까요."

"……."

더웠긴 더웠나 보군. 한 여름에 더위 먹고 개가 죽다니.

"쩌업, 뭐 그렇다면 할 수 없고. 근무는 똑같이 하되 좀 집중해서 보아주기를 바라고. 아참, 상부에서 오늘 야근 뛰라고 연락 왔더라. 수고하고."

나는 업무보고를 마치면서 야근 이야기를 지나가는 투로

말하였다. 현청에서 신경을 쓰고 있는 날이니 만큼 현청에 일
주일마다 있는 조회 시간에 특별 근무표가 전해졌다.

“요새 뜸했지? 여기 근무표네.”
“에? 무슨?”
“뭐, 자네는 포졸들 시키기만 하면 되니. 알 것 없네.”

곰곰이 생각하니, 내가 이놈들 야근하는 추가 근무까지 신
경 써 줄 필요가 있나 싶었다. 여태껏 근무를 해오면서 뇌물
받은 거 틈틈이 나눠 주었지, 무슨 일 있으면 조퇴시켜주었
지, 특별한 일이 없는 한은 퇴근 시간을 길게 잡아먹지도 않
았다.
당직도 서야 하는데 말뚝으로 팽이현을 박아놓고 근무 수
당만 더 쳐주지 않았나.
나처럼 이런 상사가 어디 있겠는가. 으음, 이번 야근은 알
아서 서도록 해야지 않겠나?
“저기, 그런데 포두님.”
팽이현은 나에게 건너 받은 근무표를 들고 무언가를 보더
니 나에게 은근히 물어왔다.
“음? 왜? 서기 싫어?”
“그게 아니라. 여기, 근무표 아래 쓰어 있는 게.”

뭐지?

나는 팽이현의 손을 따라서 근무표 아래 조그마한 글씨로 쓰여 있는 곳에 눈길을 두었다.

　해당 포관의 포두는 필히 근무를 할 것. 야간에 현령님 순찰이 계획되어 있음.

“……!”

젠장. 나의 퇴근 본능을 이리도 무참하게 능지처참을 시키다니. 원래 장군이나 높으신 분들은 엉덩이가 무거워야 하는 법이거늘.

“음? 왜? 뭐? 난 알고 있었어.”

나는 차분하게 팽이현에게 말을 하고 근무표를 내밀었고, 팽이현은 담담하게 그것을 받고 뒤돌아 가면서 중얼거렸다.

“퇴근하려고 했으면서. 아니라고 시치미는.”

야, 들린다. 원래 그런 건 혼잣말로 해야 되는 거 아니야?

젠장. 오전부터 기분이 잡치는군.

“망할 영감쟁이, 고뿔이나 걸려라.”

나는 지필묵을 들고 오전 근무를 시작하였다.

오전 근무는 항상 그렇지만 어제 있었던 일들을 간략하게 기록하고 포졸들의 신상을 적어 내는 것으로 끝났다. 오전에

출근해서 근 일각도 안 되어서 업무를 다 마치는 것이 내 입
장에서는 좋았지만 괜스레 백성들의 세금을 띄어먹는 것이
아닌지 하는 회한도 들었다. 그런 회환은 전쟁 때 내가 나라
지켜준 것을 생각하면 금방 없어졌지만.

아무튼 현재 나의 무공에 대해서 조금은 부족하다고 느껴
졌다. 전쟁 때 배운 것이라고는 살기 위해서 벼려진 동물적인
육감과 오감뿐. 그리고 알량한 검법 몇 가지뿐이었다. 물론
전쟁에서 살아남는 데에는 큰 도움이 되었지만, 어쨌거나 고
수를 만나면 꼼수로써 겨우겨우 이기는 것뿐이었다.

전쟁터에서도 내가 황각목이라고 불렸던 것도, 좀 무식한
방법으로 고수의 허를 찌르는 것을 자주하였기에 붙어졌던
별칭이기도 하였다. 원래 전쟁에서는 실력보다 공포를 먼저
장악해야 하니 말이다. 내 이름만 들어도 적들의 실력은 반감
이 되게끔 하는 것. 전투에서 승리할 수 있었던 하나의 방정
식 같은 것이었다.

하지만 지금은 좀 다르다. 알량한 실력 가지고 살아남기는
좀 그렇다. 전쟁이나 전투야 실력이 안 되면 인력으로 밀어
붙여도 되었고, 온갖 야비한 수를 써도 내 존재를 상대방이
알기까지는 시간이 걸렸으니까.

지금 내 실력은 꽤나 높은 수준이었다. 딱히 강해질 노력도
하지 않았다. 황각목이던 시절에 여러 위험한 전투를 무림의

명숙들과 같이 겪다 보니 그들의 죽음을 곁에서 지키면서 몇 가지 전해 받은 것들이 있지만 전쟁터가 아닌 곳에서 쓰기에는 무리가 있었다. 거기에 그것들은 전부 전쟁터에서 묻고 왔다. 절대로 일상생활에서 쓸 만한 것들이 아니었다. 미치지 않는 이상.

또한 내가 천하를 제패할 것도 아니고, 무슨 부귀영화를 누리겠다고.

그냥 있는 곳에서 충실하게 늙어 죽는 것이 삶이 제일 평안할 것 같았다.

에잇, 몰라. 일단 현실에 충실하자.

— 현청.

"너무 이른 감이 있지 않습니까? 만나시는 것은 천천히 해도 늦지 않습니다."

현청의 깊숙한 곳에 있는 서재. 퀴퀴한 책 냄새밖에 나지 않은 어두컴컴한 곳에서 현령의 담담한 목소리가 들려왔다. 그리고 그곳에 현령은 부드러운 눈으로 쳐다보고 있는 공주가 있었다. 주변 환경과 절대 어울릴 수 없는 고결함.

"자고로 적을 알아야 승리하는 법입니다."

“굳이 그렇게 하지 않아도 만약 목숨을 취하겠다고 하시면 즉시 가능합니다.”

그가 보기에는 이원생의 무공은 잘 쳐줘봐야 낭인 수준이었다. 자신이 가지 않아도 살수나 보면 되는 상황.

“후우, 하긴 이기더라도 상대가 그만큼 어려운 수준이어야 하는 것임을…….”

공주는 씁쓸하게 말을 이어가지는 못했다. 차라리 강하기라도 했더라면 아쉬움은 덜 남았을 것이다. 마지막에 아버지의 목숨을 가져간 것은 그였으나 그 중간에 그 아버지와 비등한 무림인이 있었기에 가능한 일이었다.

“그래도 만나 보시렵니까?”

“……예. 그래도 만나서 이야기라도 해볼 심산입니다. 그러면 조금이라도 이 가슴에 있는 멍울이 나아지겠죠.”

현령은 한숨을 진하게 내쉬면서 공주의 어깨를 잡았다.

— 이원생.

“그런데 왜 우리는 더워 죽겠는데 계속 국밥을 먹는 것인가?”

“헤헤, 이열치열 아니겠습니까, 포두 형님. 하하하.”

닥쳐! 이 쓸데없이 몸뚱이만 건강한 놈아. 땀을 뻘뻘 흘리면서 말하는 주제에 설득력이 없어.

"형님은 무슨 소리를 그렇게 하십니까. 포두 형님이 시원한 약주 한잔하시겠다고…… 악!"

나는 근무 중에 술을 처마시겠다는 소리를 얼굴하나 바뀌지 않고 말하는 장씨 형제의 막내의 얼굴에 숟가락을 던졌다. 가볍게.

"팽 포졸, 숟가락."

나는 던진 숟가락은 아랑곳하지 않은 채 팽이현에게 손을 내밀어 새 숟가락을 받아 들고 국밥을 넌지시 쳐다보았다. 그리고 앞에 장씨 형제와 다른 두 명을 쳐다보았다.

'잘도 퍼먹는군.'

내가 점심에 시간만 좀 더 있었어도 장에 나가서 시원한 국수라도 먹고 올 텐데. 오늘은 집에 들어가서 저녁에 냉면이나 해달라고 할까? 아니지, 오늘 야근이지. 젠장. 아오. 저녁에도 국밥인가?

"먹자. 다 먹자고 하는 짓인 것을. 하아."

모든 것을 내려놓고 나도 땀을 뻘뻘 흘리면서 그들과 먹을 것에 집중하기 시작했다.

"아, 그런데 포두 형님. 혹시 들으셨습니까?"

날도 더워 죽겠는데 뜨거운 국밥을 후후 불어가며 먹고 있는 나에게 장호팔이 뜬금없이 물어왔다.

"주어, 목적어 다 떼고 나에게 뭘 물어 보는 거냐."

내가 쏘아붙이자 국밥 그릇까지 통째로 자기 입에 들어붓고는 말하였다.

"크아! 잘 먹었다. 하하. 다름이 아니라, 한 몇 달 동안 소식도 없던 수적들이 요 근래 은근슬쩍 다시 활동을 시작하나 봅니다."

"그런데?"

나의 통명스러운 말에 장호팔은 뭔가 뜨끔한 목소리로 다시 말을 이어 붙였다.

"아니, 그런데라니요. 그래도 저희가 국가의 녹을 먹는 사람들 아닙니까? 때려잡아야죠."

그 국가의 녹을 배불리 받아먹고 나서 그런 일을 해보자구나. 난 일찍 죽을 생각 없다. 그건 그렇고 정육은 어떤 표정을 지으려나.

나는 은근슬쩍 장육을 곁눈질로 쳐다보았고, 그런 나의 눈길을 눈치챘는지 국밥에 코를 박고 먹어대기 시작했다.

'저놈이 인근 수적들을 쓸어버린 게 맞기는 맞나 보군.'

잔인한 놈. 자기 귀찮다고 그런 짓을 벌이다니.

"관의 입장은 같아. 수적으로부터 백성을 보호한다. 말이 더 필요하나?"

이건 매우 많은 뜻을 내포한다. 직접적인 연관이 없으면 먼저 공격을 하지 않겠다는 말이다. 제한된 인원으로 많은 사람을 보호하려다 보면, 분명 틈이 생기게 마련이다. 그 틈을 적이 이용한다면 사람들을 보호하지도 못하고, 우리도 안에서 뒤통수를 맞을 수도 있는 격이었다.

"하하하. 역시 제가 형님으로 모신 분답습니다. 언제 쓸어버리러 가시겠습니까?"

호기롭게 외치는 장호팔을 보면서 난 씨익 웃었다. 그리고는 품속에서 은자 몇 냥을 꺼내어 장씨 형제에게 주면서 말을 이었다.

"자, 추가 근무수당. 너희 둘이 가서 쓸어버리고 와라."

"하하하! 알겠…… 에?"

"뭐가 '에? 야. 빨리 쓸어버리고 오라니까."

다부진 근육의 장씨 형제의 뇌 속은 아마도 다부진 근육으로 똑같이 뭉쳐 있나 보군. 수적이라는 사람들이 빗자루로 마당 쓸듯이 그렇게 쉽게 쓸어버릴 수 있으면 관에서 뭐하러 놔두었겠는가. 그것도 여기는 수도에서 강 하나 사이다. 황궁에서 병사를 보내어 소탕해도 한참 전에 했다는 것이다. 그런데도 불구하고 죽지도 않고 다시 온 한 여름의 거지마냥 끈질기니 사람만 다치지 않으면 그냥 놔둔 거다.

수적들을 소탕하려면 딱 하나뿐이다. 다시는 일어나지 못하게 깡그리 없애 버리는 것.

하지만 강동수로채와 강북수로채가 버티고 있는 수적들을 쉽사리 상대하지 못하는 것이 관의 골칫거리다. 수적들이라고는 하나, 개인이 아닌 집단이다. 숫자도 제대로 파악되지 않은 전투 집단이라는 것이다. 전쟁이 끝난 지 이제 얼마 되지 않은 황궁으로선 크게 위협이 되지 않는 한 괜히 건드려 골치 아프긴 싫다는 반응이다.

그런 골머리 아픈 집단을 우리의 장씨 형제들께서 그냥 쓸어버린다니 그냥 난 뒤에서 이렇게 추가 근무 수당이라도 챙겨주면서 지원해 줘야겠다.

"관의 도움 없이 제가 어찌……."

"어쩌긴 니가 하고 싶은 데로 해. 내가 현령이냐? 그런 명령이 내린다고 현청과 관청에서 '우아! 좋은 의견이오! 당장 쓸어버립시다' 라면서 병력을 내주게? 공격해오지 않으면 공격하지도 않는다. 이상. 끝."

"쩌업. 그래도 간만에 몸이라도 풀 겸."

"그럼 사공들과 같이 강이나 오가면서 수적 만나서 풀든가. 안 그래, 정 포졸?"

난 국밥에 얼굴 박고 먹고 있는 정육을 슬쩍 불렀다.

"푸흡! 크흠!"

다행히 국밥 안으로 먹는 걸 뿜어내는군. 녀석 당황했어?

난 알아. 네놈이 쓸어버렸다는 것을. 오호, 얼굴에 다 쓰여 있네. 크크크. 아무렴 잘됐어. 저런 성격은 부려먹기도 쉽고, 실력도 보아하니 고수 반열에 올라 있는 거 같고. 흐흐흐. 나중에 방패막이로 쓰면 되겠군.

"어이구, 이것 참 웬만해서는 당황하지 않던 사람이. 천천히 좀 먹지는. 이것 참."

정육 옆에 있던 팽이현이 자신의 품 안에서 수건을 꺼내더니 정 육에게 건네주면서 혀를 찼다. 나는 그러려니 하고 다시금 장씨 형제를 쳐다보면서 말했다.

"포구 관리나 잘하십시오. 알겠습니까? 어찌 되든지 수적의 규모가 커지면 너희가 말하지 않아도 알아서 관에서 해결하려고 할 테니까."

수적의 세력이 커지면 당연히 먹여 살릴 식구도 많아진다. 당연지사 더욱더 많은 재물을 원할 테고, 많이 털어갈 것이다.

그럼 관에서는 지켜보고 있느냐? 그건 아니다. 왜냐? 수적들이 많이 털어 가면 털어 갈수록 바로 자신들의 세금이 줄어들기 때문이다.

세금이 줄어들면 자신들의 삶이 궁핍할 테니 그러면 어련히 관에서는 수적들을 때려잡으러 갈 것이다. 장호팔의 말처럼 쓸어버리겠지.

"자자, 그럼 어여들 일어나서 오후 근무 시작하게나. 나는 현령님 순시 준비를 위해서 포관이나 청소해야겠군."

포두가 왜 포관 청소를 해야 하는가? 포두가 그렇게 높은 직책이 아니라는 것을 반증하는 하나의 좋은 본보기다. 현령이 온다는데 거미줄이라도 걷어 내야지.

객잔을 나와서 포관으로 방향을 잡고 휘적휘적 걷고 있는데 포관 앞에 누가 서 있는 것이 보였다.

남색의 무복에 챙이 넓은 모자를 쓰고 있는 것이 이 여름날에 무슨 짓인지 모르겠지만 일단 영문을 모르니 물어보기로 하였다.

— 그녀.

"안에 있을 때는 몰랐는데."

입술을 잘근 씹었다. 꽉 깨물지는 않아 피는 나지 않았지만 단순히 그녀가 분해서 그런 것이었다. 그녀는 현청에서 나와 이원생을 만나기 위해서 포관 앞에서 기다렸다. 하지만 생각외로 밖은 더웠다. 자신이 여자인 것을 들키지 않기 위해 온몸을 가렸지만 이 더위엔 무공이 어느 정도 경지에 오른 그녀도 견디기 힘들었다.

겨우 더위 따위가 자신의 앞길을 막는다고 생각하니 뭔가 분했지만 그녀는 다시금 현청에 돌아가서 시원한 옷으로 바꿔 입으려고 하였다. 그러나 그녀의 그러한 바람은 바로 앞까지 다가온 이원생에게 살포시 지려 밟혔다.

"무슨 일이십니까? 이렇게 날도 더운데 보는 사람도 더운 복장을 하시고?"

이원생은 뭔가 걱정되는 듯 물었지만 그녀는 온몸에 땀이 수두룩하게 찬 그 모양새로 힘겹게 웃으면서 말했다.

"묻고 싶은 게 있어서 기다렸습니다."

이원생은 묻고 싶은 게 뭔지 궁금해졌다. 중요한 것이 아니라면 사람이 탈진할 정도로 몸을 칭칭 동여감은 복장을 해가며 여기에 올 이유가 없기 때문이다.

"하이고, 일단 들어가서 시원한 거라도 마시면서 이야기합시다. 이것 참, 보고만 있어도 덥수다. 더워."

'이런 빌어먹을.'

그녀는 고운 아미를 찌푸리며 속으로 거친 말을 내뱉었다. 평소 그녀 스스로 자신이 굉장히 냉철하고 이지적이라 판단했다. 그도 그럴 것이 전쟁 중에 신명교의 책사로 활약한 그녀였다. 그런 그녀가 이렇게 속으로 욕지거리를 해댈 줄 누가 알았겠는가?

'그냥 저녁에나 올 걸 그랬나.'

후회가 들었지만 그녀는 일단 만났으니 볼일이나 보자는 식으로 이원생을 따라 안으로 들어갔다.

"자자, 어서 이쪽으로 앉으시죠. 저는 잠시 시원한 것 좀 내올 테니 기다리십시오."

원래 민원 처리가 많은 업무다 보니 친절하게 대한 것뿐이지만, 그녀는 이방인 티가 팍팍 나는 자신에게 의심의 눈초리도 주지 않고 살갑게 대해주자 살짝 마음이 동했다.

그런 그녀의 마음을 아는지 모르는지, 이원생은 포관의 지하고로 향하면서 생각했다.

'저렇게 순찰하는 사람 티를 팍팍 내면서 다녀야겠나? 하긴 이쪽에서는 알아보기 더 좋긴 하군.'

이원생은 그녀가 오늘 순시를 도는 감찰사 정도로 생각하였다.

그녀는 포관의 그늘진 곳에 앉아서 잠시 땀을 식힐 겸 숨을 돌렸다. 그리고는 포관은 이쪽저쪽을 살펴보았다. 그는 자신을 모르지만 자신은 그가 누군지 상세하게 알고 있었다. 심지어 그가 어떤 모양으로 잠을 자고, 어떻게 밥을 먹는 것까지. 그런 그녀가 포관을 돌아보면서 차분하게 정리 정돈된 모습을 보자 자신의 마음까지 정갈해지는 느낌을 받았다. 군더더기 없이 깔끔하였다. 꼭 필요한 것 이외에는 심지어 그 흔한 화분 하나 없었다.

딸그락.

그릇이 부딪히는 소리를 내면서 이원생이 들어왔다. 그는 차갑게 식힌 매실차를 들고 그녀에게 다가갔다.

"아, 이렇게 신경 써 주셔서 감사합니다."

"아니요. 평소에도 하는 일인 것을요. 아무쪼록 입에 맞으시길 바랍니다."

이원생은 평소 때도 안 하던 짓을 하려니 좀이 쑤시긴 했지만 앞에 있는 사람이 감찰사이니 업무용 웃음을 마음껏 날려 주면 차분하게 말하였다.

"한데 여기서 오래 근무하셨나 보죠? 포관이 오래되어 보이는데."

"하하, 이제 한 달 채워갑니다. 포관은 오래된 관사 하나를 개조해서 만든 것입니다. 자자, 드시면서 이야기하시죠."

그녀는 이원생이 내미는 찻잔을 받아들고는 깜짝 놀랐다.

'차가워. 그것도 손이 시릴 정도로.'

이런 더위에 이렇게 차가울 수가 없었다. 그녀의 당황을 파악했는지 이원생이 입가에 미소를 지으며 말하였다.

"제가 잠시 군문에 있을 때 배운 것인데, 집 안에 우물처럼 깊은 웅덩이를 만들어 놓고 그 안에 보관하면 시원해집니다. 하하하."

"아, 그렇군요. 참 좋은 것을 배웠습니다. 그건 그렇고 군문에 계셨다구요?"

"별것은 아니고. 잠시 몸 담았었습니다."

'내가 이 사람 덕분에 망친 작전이 한두 가지가 아니다. 그 중에는 전쟁의 승패를 좌지우지할 만한 것도 있었다. 그런데 어째서 그는 그 사실을 숨기려고 하는 것인가?'

그녀는 의문이 들었지만 이내 다시 매실차를 한 모금 마시면서 물었다.

"그래도 이렇게 한 달 만에 포두까지 오른 것을 보면 매우 뛰어나실 것 같은데요. 군문에서 한자리하셨다면 군문에 계셔도 되었을 것을."

"하하하. 그래봤자 더 오르기 쉽지 않더군요. 거기에 제가 군문 체질이 아닌가 하는 생각도 들었습니다."

이 사람이 왜 남의 군생활을 계속 물어 보는 거야? 감찰 왔으면 서류나 좀 보고 갈 것이지.

이원생의 바람과는 다르게 그녀는 계속해서 군문의 일을 물어 왔다.

"그래도 군문이 포두보다는 나은 생활이었을 것 같은데? 어찌 생각하십니까?"

뭐지?

나는 이상함을 느끼며 조심스레 답했다.

"제가 군문에서 나오게 된 가장 결정적인 요인이 무엇인줄 아십니까?"

이원생은 군 이야기를 그만하고 싶었다. 별로 좋은 기억도 없는 곳을 계속 말하는 게 거북하였고, 이제는 잊고 싶은 기억이 되살아나는 것도 싫었다. 그래서 이원생은 자신의 진실 중 하나를 털어 놓기로 하였다.

미소를 머금고 말하는 이원생에 그녀는 짐짓 진지한 표정으로 물었다.

"실례가 되지 않는다면 듣고 싶군요."

그녀의 말에 이원생이 나지막한 목소리로 말했다.

"전쟁에서는 적군의 검에 맞아서 죽을 수도 있는데 아군의 검에도 죽을 수 있다는 것을 깨달았습니다."

'토사구팽!'

"적군의 검에 맞아 죽는 것은 어쩔 수 없지만 아군의 검에 죽을 수 없지 않습니까. 이러면 답변이 되었나요?"

그녀는 생각했다. 변변찮은 배경도 없는 사람이 군문에서 높은 직위에 오르다 보면 아군의 검에도 죽을 수 있다.

그런 생각을 하고 있던 그녀는 불현듯 무언가를 느껴 고개를 들어 보니 이원생이 자신을 보고 있었다.

가늘게 뜬 이원생의 눈.

그녀는 뜨끔했다.

'생각보다 심중이 깊은 사람인 것 같군요, 당신은. 오늘은

이만하죠.'

그녀는 마음을 다잡고 일단은 다음을 기약하며 마시던 차를 입안에 털어 넣고는 일어섰다.

"하아, 그렇군요. 짧지만 이야기 잘 들었습니다. 저는 이만 일어나도록 하죠."

조금 이상함을 느낀 이원생이지만 감찰사가 아무런 트집도 안 잡고 간다니 얼씨구나 하였다.

"어이구, 좀 더 계셔도 되는데."

입에 발린 소리로 하는 말이었다.

"후후훗. 걱정 마세요. 또 만나게 될 겁니다."

'꼭 당신에게 들어야 하는 말이 있거든.'

"하하, 오신다는데 누가 말리겠습니까. 하하하"

나는 사람 좋은 웃음을 흘렸다.

'오지 마. 그냥 이걸로 끝내면 안 될까?'

서로 상반되는 생각을 가지고 말하는 그들의 운명은 장하현의 강이 흘러가는 대로 순리대로 흐르고 있었다. 서로 아끼는 사람을 잃었던 그 감정대로. 물론 이원생이 그것을 아는 것은 매우 먼 이야기일 것이다.

어쨌든 그녀는 돌아갔다.

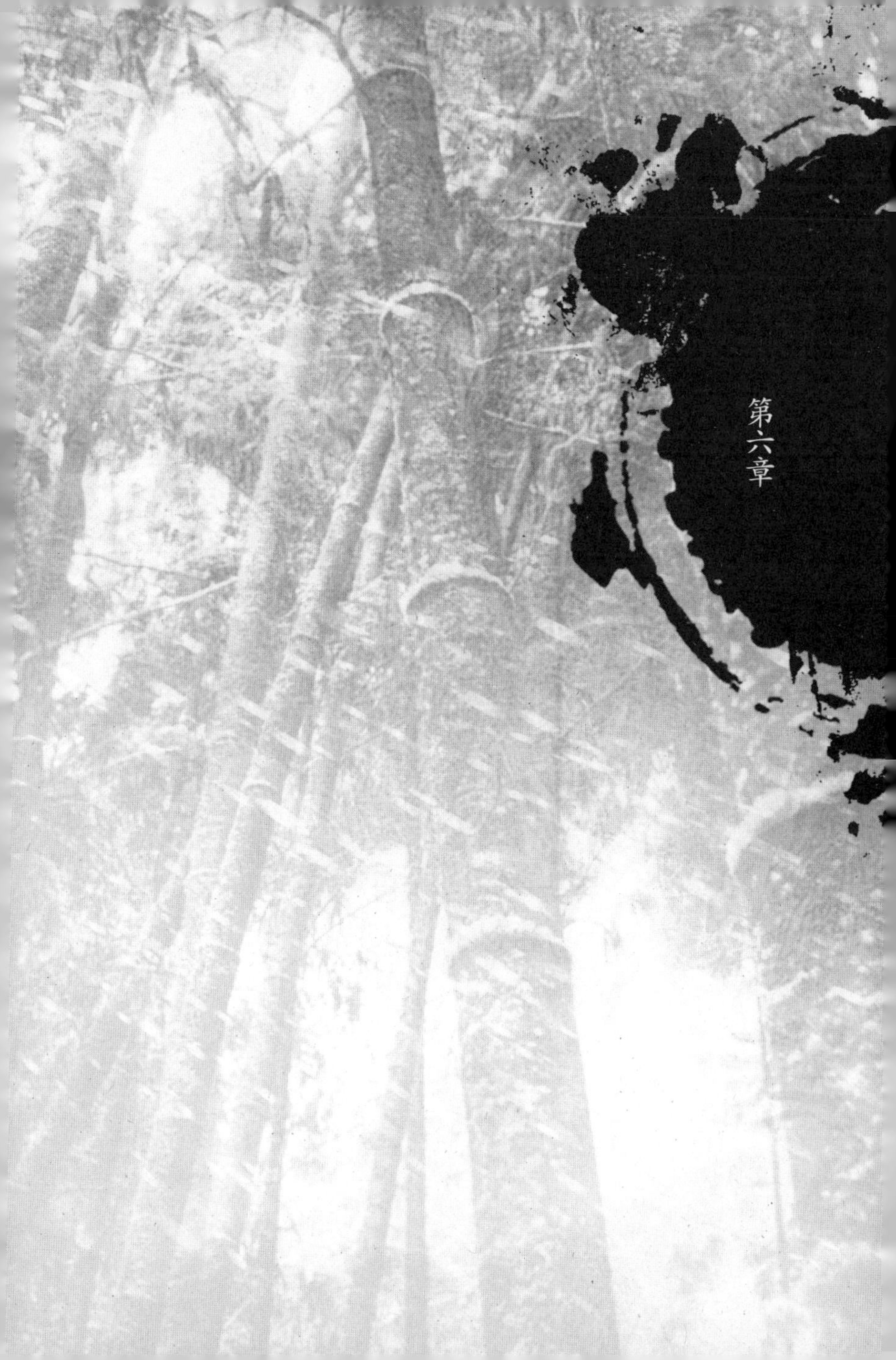

第六章

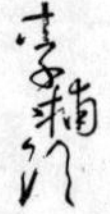

“염병, 소금이라도 뿌려야지.”

뭘 또 보겠다고 이 조그만 포관을 못 살게 구는지. 감찰사면 감찰사답게 이제껏 정리 잘해놓은 서류나 좀 보고. 음, 괜찮구만. 별일 없나? 이러고 물으면 될 것이지. 남 군대 이야기는 왜 캐묻고 그러는 거야?

“음? 무슨 일이십니까?”

마침 올라온 팽이현이 나에게 물었다. 나는 그냥 떨떠름한 표정을 지으면서 팽이현에게 말했다.

“야. 소금 뿌려.”

“예? 무슨?”

되묻는 팽이현에게 뭐라 할 말이 없어 그냥 입맛만 다셨다.

“쩌업, 아무튼 오늘은 편하긴 하겠구만.”

저녁에 순시를 돌 거라고 말하더니 일찍도 와 가지고 날 이렇게 편하게 하다니, 허허허. 야식으로 오늘은 냉채 족발이나 먹어 볼까나? 시원한 죽엽청에.

오호호!

생각만 해도 군침이 흘렀다.

이런저런 일로 요즘 돈도 좀 벌었고, 오랜만의 야간 근무이니 그래, 야식은 내가 쏜다.

“아까부터 도통 모르실 말씀만 하시구. 더위라도 드셨습니까?”

“더위는 무슨. 아무튼 포관이나 관리 좀 해놓아. 난 장에 좀 나갔다 올 테니 단순한 일은 가능하면 자네가 처리하게.”

자자, 족발과 죽엽청을 사러 가볼까.

“엥? 방금 들어오셔서 또 어디를 나가시는데요?”

내가 밖에 나가는 모습을 보이자 팽이현이 딴죽을 걸었다.

야야, 눈치껏 끼어들어. 니네들 야식 사러 간다.

“거참, 물어 볼 것도 많네. 아무튼 장에 나갔다가 금세 돌아옴세.”

포관 현관 앞에서 그대로 팽이현을 지나쳐 휘적휘적 장으로 걸어가기 시작했다.

포두로서 지낸 날이 좀 지났으나 아직까지 회식 한 번 못해 봤다. 그래서 여름에 별미인 것 좀 만들어 솜씨 좀 부려보려 하였다. 마침 만날 사람도 있었고.

군문에 있을 때 자주 식량이 없어 현지에서 조달했기 때문 에 자연스럽게 요리 기술이 늘었다. 내가 가진 실력이면 웬만 한 주루를 열어도 되겠지만, 돈은 많이 버는 대신에 여기저기 신경 써야 하니 문제였다. 귀찮은 것은 질색인데, 내가 주루 를 연다고? 예전 내 부하들이 봤으면 말도 안 된다고 코웃음 을 쳤을 것이다.

어쨌든 그렇게 계속 길을 가다 보니 한적한 포구의 길을 지 나서 장하현으로 들어섰다. 포구에서 장하현으로 들어가는 길은 매우 잘 닦여져 있었다. 역시나 장안으로 가는 길목이라 마차나 수레가 득실득실하였다. 웬만한 성의 규모를 넘으니 이곳도 어마어마하게 발전했다 싶다. 예전에는 소로 수레를 끄는 사람만 보아도 신기하던 시절이 있었는데 말이다.

이런 저런 생각을 하고 걸어가는 도중에 북적거리는 사람 들을 뚫고 돼지 족발을 삶아서 팔고 있는 푸줏간에 당도하였 다. 이곳도 예전에 알고 지내던 사람들이 가득했으니.

"이야! 때깔이 고운 우리 포두 나.으.리.께서 여기는 어쩐 일이오?"

이놈도 그 사람들 중 하나이다. 어릴 때부터 친구인 놈. 이렇게 싱글벙글거리면서 내 모습을 비웃지만.

"어라? 돼지가 말을 하네?"

"닥쳐라. 관부에 영혼을 판 놈아!"

나의 한마디에 정리가 되었다. 그러기에 살 좀 빼라. 물론 돼지 파는 집에 돼지가 있는 것이 뭔가 이상하면서도 맞아 떨어지는 상황이기도 하였지만. 너는 그러면 안 돼.

"난 관에 영혼을 팔았고, 넌 돼지고기에 영혼을 팔았냐? 시끄럽고 니놈 족발이나 삶아서 내놔 봐."

텅!

녀석 진짜 지 족발을 나에게 내밀다니. 뭐, 어쩔 수 있나? 잘라 줘야지.

"고맙다. 잘 먹으마!"

난 옆에 있던 식칼을 과감하게 뽑아 들었다.

"야야! 잠깐! 이놈이 관원이 되니 농담이 줄었어. 진짜로 자르려고 그러냐?"

그놈은 자신의 발목을 쥐어 잡고 나에게 웃으면서 스리슬쩍 손을 내밀었다. 그놈의 육중하고도 두터운 손. 많이 변했다. 얼굴도 몸도, 웃음도.

나도 웃으면서 그 녀석의 손을 잡으면서 말했다.

“반갑다. 호간아.”

장호간. 이놈의 이름이다. 내 몇 명 되지 않는 친우 중 하나다. 그리고 지난 몇십 년간 얼굴도 비추지 않은 나를 이리도 반갑게 맞아주는 놈이기도 했다.

“염병, 퉤! 네놈하고 장난 몇 마디만 더 했다가는 내 손발이 남아날 리가 없겠다. 그건 그렇고 돌아왔다는 소문은 들었다. 포두가 되었다는 것도 오가면서 들었고.”

“뭐 그렇게 되었다. 미안하다. 먼저 찾아보는 건데.”

“어쩌겠냐? 집안 건사하느라고 힘든 거 아니까 그렇지. 나도 미안하다. 뭔가 도움이 되어야 했는데.”

“됐다. 어머니한테 들었다. 니놈들이 도와준 거. 그걸로 충분하다.”

얄팍한 말장난 따위는 별로 필요 없었다. 친우에게 돌려서 말하는 것보다 답답한 것은 없다. 내 마음의 진심이 담겨져 있으면 그것으로 족하다.

“어이구, 그걸 말이라고. 아무튼 용구하고 상원이는 보고 왔냐?”

“보고 왔겠냐? 쩌업, 미안해서 얼굴도 못 들이밀겠다.”

“그런 놈이 잘도 여기까지 기어왔다.”

“이제는 좀 덜 미안해서 말이지. 크크크.”

“그러냐? 크크크. 미친놈.”

한용구, 추상원. 그놈들은 뭐하고 지내려나……. 말이 나오니까 괜히 보고 싶어진다.

"언제 용구하고 상원이 하고 해서 술 한잔하자."

"염병, 니놈이 시간이 나야지. 우리들 중에 제일 바쁜 놈이 말이야. 허허허. 아, 그건 그렇고 상원이 이놈 객잔 하나 낸 거 아냐?"

으음. 뭐, 상원이 부모님이 객잔을 하고 있으니 당연한 거겠지만.

"새로 낸 거냐?"

"그렇지. 그래, 그 평두호라고 현청에서 좀 떨어진 곳에 있던 호수 알지? 거기에 냈다더라."

"이야— 부자네. 부러워. 아우, 부러운 놈"

"지금은 좀 잠잠해졌나 모르겠다. 거기서 니놈 비번일 때 보자."

내가 포관을 담당하는데 비번은 무슨. 내가 쉬겠다고 하면 쉬는 거지. 물론 한 달에 두 번 밖에 안 되지만. 흐흠. 뭐 별일 없으면 다음 주에나 보면 어떨까 싶기도 하고. 어차피 내 일은 팽이현에게 잠시 맡겨도 되니.

"그럼 다음 주 이날 저녁에나 보자. 그래도 근무는 끝내놓고 다음 달 월차 내고 쉬는 거니까."

"크크크. 네가 쏘냐?"

“미친, 관리 월봉이 태산이냐? 상원이에게 비벼 봐야지. 원래 있는 놈이 사는 거야.”

“크크크, 이 미친놈. 장장 십여 년 만에 만났는데 성공은커녕 빈대나 되어서 오다니. 크크크.”

“원래 인생은 아픈 거야. 쩌업, 아무튼 족발 실한 놈으로 열 족만 싸줘 봐.”

“많이 살지도 않은 놈이 무슨. 입만 산 놈 같으니라고. 알았다. 내가 실한 놈으로 싸주마!”

내가 인생을 많이 살지는 않았지만 쓸데없이 많은 걸 알고 있지. 젠장, 내가 배우고 싶지도 않았는데 말이야.

호간이 놈은 자신의 육중한 몸을 이끌고 안으로 들어갔다. 그리고는 곧이어 보기에도 튼실하게 보이는 족발들을 척척 식칼로 다듬더니, 광목에 두툼하게 싸서 내 앞에 척 내려놓았다. 보기에도 한 손으로 들기에 벅찬 양이었다.

“이야, 이거 니네 집 기둥 뽑히는 거 아니야?”

나는 엄살떠는 목소리로 말하자 호간이 놈은 그런 나를 비웃으면서 말했다.

“이 정도로 기둥 뽑히면 장하현 최고의 푸줏간이 아니지! 크크크.”

“그럼 더 싸주지 그러냐?”

“닥치고 돈이나 내놔.”

녀석 농담도 못하냐? 푸줏간에서 일하더니 농담을 잃었어.
후후후.

나는 호간이 녀석에게 돈을 지불하고, 다음 주에 보자는 둥
의 인사말을 하고 술을 사기 위해서 주조장을 찾았다. 장하현
의 북적거리는 거리에서 주조장을 찾는 것은 그리 어려운 일
은 아니었다. 떡하니 푸줏간 거리 옆에 주막들이 즐비해서 늘
어서 있었으니 말이다.

"어? 이 포두 아닌가?"

나는 주점을 찾아서 걸음을 옮기려는 찰나 어디선가 아는
목소리가 들려왔다. 매우 반갑게 나를 부르는 이 소리.

나는 얼굴에 만면의 미소를 띠면서 그 목소리 주인공을 맞
았다.

"어이구, 장 포두님. 이거이거 여기는 어쩐 일이십니까?"

"에끼, 이 사람아. 여기가 내 관할인 걸 아는 사람이 농은."

장무결. 나와 같은 포두이지만, 엄연히 따지면 나보다 짬밥
을 더 먹고, 나이도 더 먹은 선배 포두이자 현의 경제를 담당
하고 있는 저잣거리를 맡고 있는 포두다. 말쑥한 옷차림에 점
잖아 보이는 얼굴로 인해 나이가 이제 서른인데도 불구하고
무게감이 느껴진다. 거기다가 나와 같은 육모를 옆구리에 차
고 있는 것이 아니라, 백색의 검을 차고 있다. 역시나 위험한
곳을 담당하는 포두답다.

북적거리는 시장을 이루고 있으니 좋은 일만 있을 리는 만무하고 무공 수위도 꽤나 높아 보이는 것이 처음 보는 그 순간, 아! 이 사람하고 친하게 지내야겠구나! 라고 딱 느낌이 왔다. 그리고 이어진 나의 화려한 아부와 추켜세움으로 매우 좋은 인상을 받게끔 만든 포두들 중 하나다.

"하하하. 잘 지내시죠?"

"보면 모르겠나. 잘 지내고 있네. 허허, 그런데 날이 너무 좋다고 농땡이를 부리는 거 아닌가? 지금 근무시간일 텐데 말이야?"

한 손에는 족발이 한가득 든 보따리에 주조장 앞에서 만났으니, 딱 잡아뗀다고 될 상황도 아니었다. 나는 조금은 쑥스러운 웃음으로 마무리를 지으면서 말했다.

"헤에, 이것 참. 장 포두님에게 딱 걸렸습니다. 헤헤."

"하하하. 나도 지나가는 도중에 본 것을 뭐. 하하하. 이 사람아, 농이네 농."

"그건 그렇고 오늘 순시는 나왔습니까?"

"나야 현청이 내 근무지인데 순시는 무슨. 매일 감시 당하고 있는 처지이거늘. 자네는 왔다 갔나?"

"까다로운 손님 한 분 모시고 끝났죠. 하이고, 속에서 얼마나 땀이 흐르던지."

너스레를 떨면서 왼손으로 이마를 훑으며 말하자, 장무결은 손을 휘휘 저으면서 말을 이었다.

"거참, 사람 엄살은. 아무튼 주조장에는 웬일인가?"

"주조장에 웬일이긴요. 술 사러 왔죠. 오늘 저녁에 근무가 끝나고 하순절 기념으로 술이나 돌리려고 그러죠."

"허허, 자네 사람 챙기는 게 여간내기가 아닐세그려. 허허허."

이게다 군문에서 굴러먹다 보면 생기는 버릇이자 습관입니다. 살기 위해서는 상사에게도 잘 보여야 하지만 자기 부하에게도 잘 보여야지 안 그러면 눈먼 칼에 맞을 수도 있다. 전장은 생각보다 무서운 곳이다.

"에이, 장 포두님만 하시겠습니까."

"허허, 이 사람. 사람 추켜세우기는. 알았네. 알았어. 내 이만하고 놓아줌세. 허허허."

그렇게 장 포두와 조우가 끝나고 주조장에 들러서 죽엽청 두병을 왼손에 들고 포관으로 걸어가기 시작했다.

역시나 점심시간이 지나자 다시금 북적거리는 시장통에 사람들이 삼삼오오 자신들의 일과를 처리하러 부산하게 움직이기 시작하였다.

사람 사는 냄새.

여기저기 가격을 흥정하고, 아이가 부모에게 무엇을 사달라고 조르고, 아직 앳되어 보이는 소녀와 아가씨는 장신구를 고르기를 반복한다.

'참, 살아 있기를 잘 한 거 같군.'

문득 생각이 들었다.

그래, 난 전장에서 돌아왔어. 일상생활로.

— 이원생이 모르는 일이 생긴 장소.

쿵!

지축을 흔드는 소리가 들리면서 문이 열렸다. 현청의 고서를 가득 들여놓은 음산한 서재에서 들려오는 소리였다.

"후아."

그녀는 삶과 죽음의 갈림길에서 살아 돌아온 사람처럼 숨을 헐떡거렸다. 누군가 봤으면 수련을 매우 열심히 하였다고 할 테지만, 그녀의 상태는 그냥 열사의 사막에서 갓 벗어난 생존자의 형상에 불과했다.

서둘러 그녀는 자신을 옥죄고 있는 옷을 벗기 시작하였다. 거기에 사람이 있든 없든 신경 쓰지도 못할 정도로 매우 빠른 속도로 옷을 벗어 던져 버렸다.

슥. 스윽.

그녀의 몸을 감싸고 있는 천과 붕대가 풀리자 그녀의 새하

얀 알몸이 땀에 흠뻑 젖은 채 서재의 책들을 부끄럽게 만들었
다. 물론 서재의 책들은 무생물이라 부끄러움을 몰랐지만, 그
만큼 그녀의 고혹적인 자태는 눈부시게 빛나고 있었다.

그녀는 그런 책들의 고충을 아는지 모르는지, 그녀가 기거
하고 있는 방으로 몸을 옮겨 그대로 찬물이 들어 있는 목욕통
에 자신의 몸을 담갔다.

"하아아아아아……."

그녀의 입에서 세어 나온 깊은 한숨은 그녀가 얼마나 고난
하였는지를 엿보게 하였다. 현청으로 돌아오는 도중에 몇 번
이고 쓰러질 뻔한 것을 정신력으로 버티며 왔던가.

'그때에 비하면 아무것도 아니지만 그래도 그날의 기억 때
문인지 더위를 너무 심하게 겪는 것 같아.'

신교의 본산은 활화산이었다. 본시 활활 타오르는 불꽃처
럼 영원히 꺼지지 않을 불꽃을 상징한다 하여 그곳에 세워졌
다. 더군다나 그녀의 아버지가 목숨을 잃기 전에 주화입마에
빠져 제정신으로는 도저히 할 수 없는 짓을 저질렀다. 활화산
에 폭약을 통째로 부어서 신교를 밑바닥부터 끝까지 전부 용
암 덩어리로 만들어 버린 것이었다.

어찌할 수도 없었다. 타는 듯한 열기를 피해서 겨우 살아
나왔지만, 신교는 전부 없어져 버렸다. 그곳을 멍하니 쳐다보
면서 얼마나 절망에 빠졌던가.

천혜의 요새인 그곳이 한순간에 없어져 버렸으니.

"이제는 어떻게 해야 하나?"

그녀는 이제야 고민하기 시작하였다. 아까는 더위 때문에 생각할 겨를이 없었다. 그의 첫인상은 그때보다 더욱더 늙어 보였다. 조사한 바로는 이제 스물 중반이라고 알고 있는데 얼굴은 마흔에 가까워 보였다. 만약 나이를 몰랐다면 유들유들한 태도에 쉽사리 나이를 짐작하기도 어려웠을 것이다.

들고 싶었던 말은 단 두 가지다. 마지막에 아버지와 나누었던 대화, 그리고 자하신공의 행방.

'그 상황에서 그가 가지고 있을 리 없어. 물론 보지는 않았지만 무공을 익힌 나조차도 긴박한 상황이었으니.'

그녀는 생각하였다. 그때의 상황을.

그 자신도 서둘러 피하지 않았더라면 흘러내리는 용암에 한 줌의 재가 되었을 상황이었다.

하물며 그는 무공도 없어 보였다. 자신보다 긴박하면 긴박한 상황이었던 것이다.

'그의 기도에서 어떠한 자하신공의 흔적 따위는 발견하지 못했다.'

그 누가 보아도 자하신공은 천하에 다시없을 신공이다. 괜히 무공 이름에 '신공' 이라고 되어 있는 것이 아니다. 그런 무공을 그냥 놓아둔다면 그건 정말 멍청이들이나 하는 짓일 것이다.

'그래도 그 사람. 멍청해 보이지는 않던데.'

거기에 일말의 희망을 걸고 있었다. 그리고 그에게 자하신공이 있다면 무슨 대가를 치러서라도 '자하신공'을 되찾아올 것이다.

생각이 이쯤에 이렀을 때, 다시 몸의 열기가 꿈틀거렸다.

그녀는 차가운 물속으로 통속에 기대어 잠수를 하면서 오늘 일을 마무리 지었다.

— 이원생.

"아씨, 왜 이렇게 귀가 간지러워?"

누가 내 욕하나? 내가 장하현으로 와서 욕먹을 짓은 별로 안 했는데.

시장에서 족발과 죽엽청을 사서 포관을 돌아온 나는 귀를 후비적후비적대면서 구시렁거렸다. 팽이현이 그 구시렁을 옆에서 들었는지 나에게 흐뭇하게 웃으면서 말한다.

"귀 좀 파십시오."

나도 흐뭇하게 그를 쳐다보며 말했다.

"신경 끄고 일이나 열심히 하지."

“네, 네. 그런데 가지고 온 것은 무엇입니까? 보아하니 하나는 술병인 것 같은데, 또 하나는?”

내 되바라진 말에 입맛을 다시면서, 금세 또 주제를 바꾼다. 역시 화제 전환하는 능력은 대단해.

“하나는 죽엽청이고, 또 하나는 야식. 오늘 근무 끝나고 한잔해야지. 그래도 하순절인데 말이야.”

나의 말에 팽이현은 짐짓 놀란 표정을 지으며 다시금 나에게 물었다.

“이게 꿈은 아니지요?”

“왜? 한번 패줄까?”

“하하하. 농입니다. 농.”

녀석. 어디 한 번 정말 꿈속이 어떠한지 구경시켜 줄 참이었는데.

나는 싱겁게 손 한 번 휘적휘적거리면서 야식을 준비하기 시작했다.

죽엽청은 지하에 일단 보관해 두었다. 마찬가지로 족발도 살점만 툭툭 분리한 다음, 뼈는 한곳에 모아 놓고 살점들은 차갑게 식혔다.

족발 냉채는 군문에 있을 때, 종종 멧돼지를 잡아서 만들어 먹었던 음식이다. 원래 족발은 군문에서도 날씨가 쌀쌀해지기 시작할 때 만들었다. 그걸 그 한여름에 구워먹으려고 하니 환장할 노릇이었다. 그래서 두툼한 뒷다리 살을 전부 발라내어, 그때 내 조에 속해 있던 북해빙궁 출신에게 부탁하여 차갑게 만들어 거자와 식초를 알맞게 배합하여 만드는 음식이다.

'정말 그놈 없었으면 어떻게 여름 지낼 뻔했어?'

북해 빙궁 출신의 검수는 무뚝뚝하고 딱딱하기는 했지만, 여름에 자기도 더운지 내가 만들어 달래는 것을 뚝딱뚝딱 만들어 놓고는 했다. 가령 얼음이 필요하면 얼려주고, 회를 뜰 때면 자신의 검으로 차갑게 떠주곤 하였다.

묘하게 차가운 검인데…… 아무튼 굉장히 잘 드는 검이다.

그리곤 그 이듬해에 다른 곳으로 전출을 갔다. 전출 갔을 때, 얼마나 아쉬워했던가. 그리고 보니 그 녀석 이름이 뭐였지? 에잉, 뭐 그런 거 생각해 봐야 뭘 하겠냐.

나도 이참에 빙공이나 연습해 봐?

"나도 참, 별놈의 이유로 무공을 배우려고 하다니. 크큭."

실소를 머금었다. 그런데 곰곰이 생각해 보니 편해지는 게 한두 가지가 아닌 것 같다.

"에잉, 무공을 배워봤자 귀찮은 일만 생기지. 접자 접어! 자아! 음식이나 만들어 보자."

군문에 있을 때보다 재료는 훨씬 다양했다. 원래 냉채에 써야 할 해파리도 있었고, 오이도 있었으니까. 나는 일단 발라

낸 살점을 겨자와 식초를 적절하게 배합하여 만들어낸 국물
에 재워 놓았고, 해파리와 오이를 얇게 썰어 먹기 좋게끔 만
들어 내어 놓았다.

또한 살점을 발라내고 남은 뼈를 솥 안에 넣고 자잘한 불에
푸욱 익히도록 놔두었다.

"이제는 시간만 지나면 되는군."

간단하게 안주를 끝낸 나는 이제 다시금 일을 보러 포관에
있는 내 서재로 자리를 옮겼다.

"아, 포두님."

지하에서 올라오는 나를 반갑게 반겨주는 팽이현이다. 날
쉬게 하지 않으렴?

이런 생각과는 달리 내 입에서는 다른 말이 나왔다.

"왜? 무슨 일 있어?"

"포구에서 소란이 있나 봅니다. 정 포졸이 지나가던 길에
알려주었는데, 정 포졸 입에서 나온 것을 보니 꽤나 사건이
큰 모양입니다."

그 새침하고 무관심한 정육의 입에서 나왔으니 어지간한
가 보군.

"거기는 장씨 형제가 있지 않나?"

"아마도 그 문제인 것 같습니다."

팽이현의 말에 나는 고개를 갸웃했다. 장씨 형제가 있는데

문제라…… 왠지 얽히고 싶지 않다는 생각이 슬며시 들었다.

하나 그럴 수 없었다. 저 팽이현이 나를 보는 눈이 심상치 않다. 쩝, 가끔 보여줘야 뒤가 편하다.

"음, 일단 내가 혼자 가보지. 팽 포졸은 포관을 지키고 있으라구."

"알겠습니다."

나는 서둘러 포관을 지나서 포구로 발걸음을 옮겼다. 사실상 그리 멀리 떨어져 있지는 않아서 그런지 저 멀리로 꽤나 사람들이 웅성웅성한 것이 보였다. 나는 지체없이 그곳으로 달려갔다.

第七章

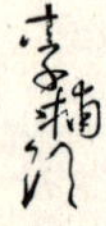

포구에 도착하자 일련의 사람들이 한쪽에 둥글게 모여서
무엇인가를 보고 부산스럽게 이야기를 나누고 있었다.

"커험!"

나의 헛기침에 사람들이 나를 보고 길을 비켜 주었다. 그곳
에는 뭔가 이상한 상황이 펼쳐지고 있었다.

"고작 관기 따위가 내 말을 무시하는 것이냐!"

보기만 해도 귀티 좌르르 흐르는 귀공자가 자신의 발치에
두 명의 여성을 둔 채 대치하고 있는 상황이었다. 그리고 그
곳에는 장씨 형제가 그 귀공자의 호위들에게 둘러싸여서 이

도저도 못하는 상황이었고.

두 명 중 한 명의 여성은 귀공자의 발치에서 무릎을 꿇고, 다른 한 명은 쓰러져 있었다.

"죄송합니다. 하지만 정말 이번 배를 놓치면 소녀들은 고향에 잠시나마 들리지 못하옵니다. 제발 저희 소녀들을 불쌍히 여기…… 꺄악―!"

"네 이년! 감히 내가 누군지 알고! 이리도 나를 무시하는 것이냐!"

관기는 엄밀히 말해서 국가에 죄를 지은 여인네가 그 죄를 갚기 위해 관의 기녀로 사는 것을 말한다. 관기의 소속은 좀 애매모호한데, 죄를 지어서 관기로 팔린지라 관인도 아니고, 그렇다고 죄인 취급도 아니었다. 일반 기녀나 몸을 파는 창기보다 신분은 낮지만.

그리고 옥살이를 시키면 되지 않느냐고 말하는데, 관기가 되는 게 관의 옥살이보다는 나을 것이다. 한방에 남자들 대여섯 명이 있는데 여자를 놔둔다고? 그건 배고픈 고양이 앞에 생선을 놓아주는 것 같은 행동이다.

그럼 여자를 위해서 따로 감옥을 만들면 되지 않느냐고? 그럴 여유는 없다. 죄인에게 감옥을 새로 짓기 위해서 쓸 돈은 없다. 아니, 웃전들은 그런 필요성을 느끼지 못한다. 그럴 이유도 없고.

아무튼 가끔씩 저렇게 휴가를 보내준다고 들은 것 같은데. 뭐 어찌 되었건 간에 빨리 처리해야겠군. 지체하다가는 칼부림이라도 나겠어.

"안녕하십니까. 장하현 포두 이씨입니다. 부족하나마 이곳 관할 포두인데 어느 댁 자제분 되시는지요?"

나를 살짝 낮추고 일단은 신분부터 물어 본다. 그것도 살짝 들릴 만한 목소리로 말이다.

여기서 사태 파악 못하고 내가 이곳의 포두네. 감히 나의 관할지에 와서 소동을 피우다니, 라고 하면서 대응했다가는 나중에 크게 후회하게 된다.

데리고 다니는 호위들도 전부 무공을 배운 사람들이고, 그 것도 다섯 명씩이나 되니 모르긴 몰라도 매우 높은 집안 출신 이다.

"하! 정말이지 어이가 없군. 내 당장에 이년들의 목을 치리라!"

"죄송하옵니다! 도련님! 제발 자비를!"

나는 안중에도 없나 보다.

후— 쉽게 가려고 했는데 역시 세상일은 마음대로 되지 않는다.

탕!

나는 허리춤에 있는 육모를 세차게 바닥을 찍었다.

깨질 듯한 소리가 들리면서 순간 소리가 나는 곳에 모든 사람의 시선이 집중하였다. 뭐, 당연히 그 소리의 출처는 나였다.

"너는 또 뭐냐!"

"안녕하십니까. 장하현 포두 이씨입니다. 부족하나마 이곳 관할 포두인데. 어느 댁 자제분 되시는지요?"

나는 아까의 대사를 한 줄도 다르지 않게 똑같이 읊었다. 그리고 공손하게 포권을 취했다.

포두는 포졸과는 다르다. 일단 나를 죽이려면 타당한 이유가 있어야 한다. 한 관할의 책임자를 그렇게 무 썰듯이 휙 자를 수는 없으니까 말이다.

내가 이 말을 왜 하는가?

육모가 바닥에 떨어뜨리고 나서 어느 고수 한 분이 내 목에 칼을 드리웠기 때문이다. 물론 여기서 싸우면 안 되는 건 당연한 소리다.

"흥! 포두라고? 잘되었군. 내 이 두 년들의 목을 친히 취할 터! 잘 보고 예의를 배우게!"

"일단 주변의 사람을 물리시는 게 낫지 않겠습니까? 그리고 추후에 베서도 늦지는 않으실 것 같사옵니다만."

주변에 눈이 많으면 사람이라는 생물은 그 사람들에게 보여주기 위하여 과감하게 행동한다.

바로 이 경우처럼. 그러니 되도록이면 흥분한 사람의 주변에는 사람이 몰리지 않는 것이 좋다.

나의 엄중하고 나지막한 말에도 그 귀공자는 아랑곳하지 않고 자신의 칼을 뽑아들려 하였다.

그 순간 옆에서 잠자코 지켜보던 흑색 무복의 사내가 슬며시 그 귀공자의 검에 손을 올리면서 말하였다.

"도련님, 저 포두의 말이 일리가 있습니다. 보는 눈이 많으니 일단 물리고 행동을 취하셔도 늦지는 않습니다."

절도가 있는 말투였다. 기도도 보통이 아니었다. 모르긴 몰라도 굉장한 고수. 내 눈은 틀림이 없다.

"후우, 후우! 내 수신호위께서 이리 말하니. 일단 물림세!"

그 귀공자의 말이 끝나기 무섭게 나는 내 목에 대어졌던 칼을 휙 치워 버리고, 장씨 형제가 있는 곳으로 갔다.

"자네들은 즉시 모인 사람들을 해산시키고 포구에 댔던 배들을 이동시키게."

"아, 알겠습니다. 포두 형님!"

그래도 장씨 형제 중 형인 호팔은 눈치가 있어 보였다. 하지만 그 동생은 혈기가 남달랐다.

"하지만! 아무리 관기라 하나! 연약한 소저가 아닙니까! 어찌 국가의 녹을 먹는 자로서 이 광경을 넘긴단 말입니까! 형님!"

우람한 체구답게 내뿜는 소리도 매우 호기로운 소리였다.
나는 그런 호연에게 차가운 소리로 말했다.

"여기서 추포 당하고 싶은가? 상관의 명에 반박을 해?"

"그러나!"

"뭐 하고 있나, 장호팔 포졸! 당장 저놈을 끌어내고 옥에 처넣어!"

니놈 목숨은 오늘 내가 살렸다. 저놈들 검에 한 줌 핏물이 되는 것을 말이야.

나의 말에 장호팔은 자신의 동생의 목을 거칠게 감싸 쥐고 뒤로 당겼다. 역시 힘으로는 아직까지 형에게 상대가 되지 않는지 끌려 나가는 호연이었다.

"자자! 이곳 상황은 내가 잘 정리할 것이니! 전부 다 자기 일들 봅시다! 계속 이렇게 여기 있다가 잘못되면 치도곤을 내겠다!"

나는 곧이어 포구에 모인 사람들을 이러 저리 손짓으로 해산시켰다.

신속한 일처리. 이런 문제는 재빨리 처리해야 한다. 그러지 않으면 괜스레 피를 볼 수도 있을 노릇이었다.

"후우, 자아. 이제 검 좀 집어넣으시고 충분히 정리가 된 것 같으니."

짝!

나는 일부러 소리가 크게 날 정도로 귀공자의 발치에 무릎을 꿇고 있는 그녀의 뺨을 내리쳤다. 그리고는 나직한 목소리로 말하였다.

"미안하다. 살려면 이럴 수밖에 없구나."

나는 그렇게 말하고는 즉시 그 귀공자의 귀에 들릴 정도로 언성을 높였다.

"이것은 이 공자님의 앞길을 감히 막아선 죄다! 감히 관기 따위가!"

이런 종류의 것들은 적반하장식의 대응법이다. 내가 이 둘을 섣불리 감싸주려고 하면 이 귀공자의 화를 돋우는 것뿐이다.

하지만 내가 도리어 귀공자의 편을 들면서 죄를 들먹거린다면 이 귀공자도 별수는 없다. 세상에 자기 편 들어준다고 화내는 사람은 없으니까.

"내 이제야 예의를 아는 관원을 만났군 그래."

보라. 이놈도 사람이다. 뭐, 뺨을 친 것은 미안하지만, 이 상황을 서둘러 종결시키고 저기서 입가에 피를 흘리면서 쓰러진 여자도 살리기 위해서는 어쩔 수가 없었다.

그래도 약하게 쳤다. 소리만 크게 날 정도로. 안 믿으면 어쩔 수 없고.

"소인이 죄송하옵니다. 미리 이런 일이 있으면 처신을 할 텐데."

"알았으면 됐네. 내 직접 이년들을 처리하고."

다시금 검으로 손이 올라가는 그 귀공자의 모습에 나는 그 귀공자에게 비굴한 표정으로 말을 이었다.

"하이고, 공자님 왜 그러십니까. 날씨도 좋은데 쓸데없이 피 보면 기분도 나빠지실 게 아닙니까. 지나가던 개를 발로 차도 기분이 나쁜 법인데, 이리 기운 빼실 것까지는 없지 않습니까. 제가 당장 관으로 끌고 가서 치도곤을 칠 테니 맡겨 주십시오. 그리고 오늘 하순절 아닙니까? 공자님께서 크게 한번 베푸십시오. 헤헤."

"닥치거라! 네놈도 나를 무시하는 것! 으음?"

이 수도 안 통하면 뭔 별수가 있겠나. 그냥 비는 거지 뭐.

"하이고! 제발 공자님! 이 포두 모가지 하나 살려주시는 셈 치십시오. 이 관기 목을 치시면 이곳 관리를 하지 못했다고 저도 죽습니다! 집에는 토끼 같은 자식들과 여우 같은 마누라가 있는데! 제발 한 번만 도와주십시오!"

나는 그 귀공자의 바짓가랑이를 부여잡으면서 애원하였다. 눈물도 글썽거리는 것이 스스로 생각해도 정말 제대로 된 연기였다.

이런 혼신을 다한 연기에도 넘어가지 않는다면 그건 정말 문제다.

　다행히 나의 이 애원함에 당황했던 것인지, 그 귀공자는 당황스러운 표정을 지으면서 이 상황을 어떻게 처리해야 하는지 고심하는 태도가 역력했다. 그리고 옆에 있는 흑색 무사의 한마디.

　"이쯤 하시면 알아들은 것도 같습니다. 괜히 관에서 관리하는 지역에서 피를 보실 것까지는 없는 것 같습니다. 말이 나오면 도련님 아버님 귀에도 들어가실 터이니."

　"크, 크흠. 아버지가 알면 안 되지. 내 이년들, 너희는 나를 만나서 운이 좋은 줄 알아라. 가세!"

　"예!"

　그 귀공자의 뒤에서 호위하던 네 명의 사람이 잘 훈련된 목소리로 외치고는 그 귀공자를 따라 휭 하니 가 버렸다. 그리고는 잠시 나의 모습을 바라보고 있는 흑색 무사는 가벼운 한숨을 내어 쉬고는 자신의 품속에서 무엇인가를 내 앞으로 던지면서 말을 하였다.

　"오늘 신세를 졌군. 나도 어찌 해야 할지 난감한 상황이었는데. 일단 그 돈으로 그 두 여자를 치료하게나. 그리고 혹여나 이 신세를 갚게 하고 싶거든 장안의 중천부로 와서 내 이름을 말하게."

　중천부. 황제 동생의 칭호이다. 그 이름을! 호를! 어떻게 잊겠는가. 그 얼굴을 어떻게 잊겠는가. 전장에서 그 누구보다

친했던 그분을!

한데 그 아들은 쓰레기네. 가다가 콱 넘어져 버려라.

"오상인!"

그 진중한 말과 함께 그는 가 버렸다.

그런데 알까? 내가 저 사람 주인하고 형제 먹었다는 사실을? 이야, 나중에 한번 꼭 들려야겠어. 크크크.

"헤유, 아무튼 잘 처리가 됐네. 자자, 좀 일어나 봐."

나는 내 뒤에서 조용히 흐느끼고 있는 여자를 일으켜 세우면서 말하였다.

아까는 얼굴을 제대로 보지 못하였는데, 이제야 제대로 얼굴을 보는가 싶었다.

예쁘기는 예쁘군.

그 귀공자가 혹할 만했다. 거기다가 관기 신분을 가지고 있었으니 얼마나 쉽게 보였겠는가.

"감사합니다. 흐흑."

가늘게 흐느끼는 그녀의 몸짓에서 혀만 찰 뿐이다. 이정도 미색을 가지고 관기로 나왔으니 얼마나 한 많은 인생이겠는가. 또한 저기 기절한 다른 한 소저도 한 미모하니. 후우.

"무슨 감사는. 아무튼 저 뒤에 소저부터 옮기세. 일단 포관이 가까우니 거기로 가자고 치료도 할 겸."

나는 기절한 소저를 양손으로 들쳐 가볍게 품 안에 안았다.

가벼웠다. 그리고 무슨 향기가 나는지 향기롭기도 하였고.

"흠흠, 빨리 포관으로 가세나."

사내긴 사내였나 보다. 나도.

이 짧은 촌극을 끝내고 안아든 관기와 함께 포관으로 돌아왔다. 거기에는 분을 삭이지 못하고 씩씩거리는 장호연이 나를 기다리고 있었다.

그놈은 나를 보자마자 거친 기색으로 달려 나오며 말했다.

"포두님! 아까는 왜!"

"시끄럽고 이거나 받아."

나는 내 품에 안긴 관기를 달려 나오던 장호연에게 줘 버린 후에 상처에 좋은 금창약과 찬물을 뜨러 서재로 들어갔다. 그리고 곧이어 서재 한편에서 상비약 중에 금창약과 항아리에서 찬물을 떠왔다.

정신 차리고 있던 관기는 걱정스러운 모습으로 자신의 무릎을 내어 준 채 널찍한 의자에 앉아서 기절한 그 관기를 쳐다보고 있었다.

사정이 딱하기는 하였으나 관으로 팔려온 몸이었다. 이건 나로서도 어쩔 수 없다.

"이 은혜는 잊지 않겠습니다. 흐흐흑."

"은혜라고 할 것도 없소. 팽 포졸은 금창약 좀 바르고, 장씨 형제는 어여 나가서 포구 정리나 하세요."

　장씨 형제에게 그냥 귀찮은 듯이 손을 내저었다. 오늘 하마터면 저 형제들 덕분에 오장육부가 오그라들 뻔하였으니 내 입장에서 보면 당장에 감봉 처리를 하고 쫓아 내야 수순이겠지만, 이 쪼그마한 포관에 가뜩이나 인원도 부족한데 어떻게 하겠는가. 내가 참아야지.

　"저…… 포, 포두님. 괜찮으시다면 저 소저가 깨어날 때까지 여기에 있고 싶습니다만."

　장호연이 나의 손짓에 아랑곳하지 않고 그 무식한 얼굴을 굉장히 순진하게 바꾸면서 말하였다.

　얼래? 이 녀석 보게? 설마 이 두 소저에게 관심이 있나본데. 이거이거, 가슴 아픈 사랑이겠는데. 크크크.

　관기는 혼인을 할 수 있다. 단, 그 관기가 더 이상 쓸모가 없어졌을 경우에 말이다. 관기가 쓸모없어지는 것은 두 가지 중 하나다. 죽거나, 혹은 늙거나. 아! 하나가 더 있다. 큰 병에 걸리거나.

　"호팔 포졸, 뭐하나? 당장 안 끌고 나가고?"

　"하, 하, 하지만! 포, 포두님!"

　그래. 내가 니 마음 안다. 하지만 어쩌겠냐? 이미 끝을 뻔히 아는데 당연한 듯이 걷게 할 수는 없잖아? 내가 다 너 생각해서 이러는 거야.

　"이 녀석! 오늘따라 왜 그래! 허허, 포두님 죄송합니다. 이 녀석이 당최 이러지 않는 녀석인데 더위를 먹었나 봅니다.”

“형님! 제 마음을 아시지 않습니까!”

나도 알아. 그러니까 이렇게 보내는 거 아니야.

심드렁한 목소리로 다시금 호팔에게 말하였다.

“아, 그리고 몇 주간은 자숙하도록 해. 괜히 아까 같은 상황이 몇 번 더 발생하면 이제는 더 감싸주지도 못해.”

“아! 예! 오늘 일은 잊지 않도록 하겠습니다! 빨리 나오래두! 이 녀석이 정말!”

“사나이 가슴에 불을 질러 놓고! 으아아악! 안 돼!”

장호연은 형의 완력에 이끌려 그대로 포관 밖으로 끌려 나가 버렸다. 그리고 외치는 아련한 목소리. 사나이 가슴에 인 불은 타오르기도 쉽지만 꺼지기도 쉽지.

나는 다시 그 관기들을 쳐다보며 물었다.

“한데 어디로 가고 있는 중이었소? 이 포구는 물길이 두 군데밖에 없는데? 하나는 서쪽으로 내려가는 물길이고, 또 하나는 장안으로 가는 길이오만?”

“저희는 장안으로 가려고 하는 중이었습니다.”

그녀는 다소곳한 말로써 나의 마음을 부드럽게 만들어 주었다. 웬만큼 교육을 받은 듯한 말투와 어투. 양가집 규수였을 가능성이 높았다. 사람 일이라는 게 이처럼 한순간이다. 온갖 부귀영화를 누리더라도 이처럼 한순간에 관기로 내려앉

다니. 하유.

그런데 장안이라니? 관기의 신분으로 가면 여간 힘든 길이 아닐 텐데?

"으음? 그 패를 달고 장안을?"

관기를 상징하는 패가 있다. 쉽게 말하면 호패 같은 거지만 관에 속해 있는 노비나 다른 사람들과 구별할 때 쓰는 좀 더 괴악한 구조로 되어 있는 패다. 다른 것을 다 떠나서 패가 허리춤에 만인이 보이도록 달려 있다.

만약 그것을 어기고 관원에게 걸리면 그나마 있던 호의를 전부 박탈당한다. 인간이 누려야 할 최소한 것도 누리지 못한다는 것이다.

"저도 어려운 길임을 알고 있습니다. 하지만…… 하지만…… 이번이 저희 자매의 부모님 기일인지라. 흐흑."

거의 울먹거리면서 말하는 그녀에게 무엇을 더 당부하겠는가. 나는 쓴 입맛을 몇 번 다시면서 말하였다.

"자자, 울지 말고. 일단 배를 놓치었으니, 내 배편 하나를 더 알아봐 드리도록 하지요. 일단은 여기서 숨 좀 돌리시오."

"저, 정말 감사합니다. 흐흐흑, 정말 감사합니다."

그녀는 끝내 울음을 참지 못하고 흘려 버렸다. 그런 그녀의 눈물이 밑으로 떨어져 곤히 긴절해 있던 소저가 정신을 차리었다.

“언니?”

“하윤아? 흐흐흑. 이제 정신이 좀 드니!”

그녀는 울면서 다신의 무릎에 머리를 대고 누워 있는 소저를 불렀다. 하윤이라. 좋은 이름이다.

“언니, 왜 울어? 다시는 안 울기로 했으면서.”

“하윤아, 흐흐흑.”

아, 정말 눈물이 없이는 보기 힘든 경극을 보는 것 같다. 물론 당사자인 나는 닭살이 돋을 것 같아서 미치겠다. 이런 광경은 좀처럼 적응되지를 않는다. 남이 나를 칭찬하거나, 특히나 여자가 내 앞에서 울면 정말로 당황스럽기 짝이 없다. 어떻게 해야 하는지도 모르겠고, 어떻게 대응을 해야 하는 건지도 모르겠다.

나는 서둘러 형에게 가기 위하여 자리를 떴다. 이 난감한 상황을 팽이현에게 떠넘기고 말이다.

“자아, 나는 이만 배편을 구하러 감세. 그동안 잘 부탁하네, 팽 포졸.”

“헉! 아닙니다! 어찌 제가 감히. 이럴 때는 포두님께서 있어주셔야 두 소저들도 안정이 될 겁니다.”

나가려는 나의 어깨를 잡는 팽이현의 다급함이 느껴졌지만 나는 싱긋 웃으면서 말했다.

“내 형님에게 부탁하러 가는 길인데. 우리 팽 포졸이 가면 좀 그러잖아. 여기서 두 소저들을 잘 보살피고 있게나. 명령이야.”

‘이러실 겁니까!’

팽이현의 눈에 이런 말이 아른거렸다. 나는 그런 팽이현을 보고 다시 한 번 싱긋 웃어준 채로 어깨를 으쓱거렸다.

‘꼬우면 니가 포두 하던가. 후후후.’

이럴 때 보면 나도 나쁜 놈인 것 같기도 하다.

포관을 나온 나는 서둘러 포구로 향했다.

형은 어느덧 중견 뱃사람이 돼서 뱃사공에서는 어느 정도 명성이 있었다. 더군다나 이 관할 포두가 동생이니 형의 명성은 자자했다.

아침에 서둘러 나가는 통에 오전에도 손님이 많겠구나 싶었는데 형이 있는 객잔에 다다르자 실감하였다.

“어이구, 왜 그런가. 그래도 우리 한두 번 술 먹던 사이가 아니었잖나. 그러지 말고 이번에 한 번만 시간 좀 내어주게나.”

“원태 이 사람아. 술 마시는 걸로 따지면 내가 첫 번째지!”

“야, 이 주정뱅이야! 그게 자랑이다! 원태! 나를 설마 모른 건 아니겠지!”

저마다 서로 봇짐을 짊어진 사람들이 형에게 한 번 태워달라고 성화를 부리고 있었다. 그도 그럴 것이 원래 포구 시간대는 일정한 배를 띄울 수밖에 없다.

다른 여타 배들과의 충돌도 방지하는 것이고, 또한 큰 배들이 지나갈 때를 대비하는 것이다. 그래서 하루에 배를 띄울 수 있는 시간은 한정되어 있었고, 배의 수도 한정되어 있었다.

보통은 포구의 뱃사공들이 서로 타협을 해서 하루 동안 배를 움직이는 횟수를 통보한다. 그리고 그 횟수에 제한이 걸리지 않으면 포구의 하루가 시작되는 것이다.

하지만 예외가 있다. 바로 나의 형이다. 워낙 이 몸의 위세가 대단해서 배의 시간과 수량에 관계없이 강에 띄울 수 있는 것이다. 물론 형의 체력이 뒷받침해 줘야 하겠지만.

"이야. 잘 나가십니다."

"어어, 원생이 왔느냐? 허허, 내가 워낙 잘나신 동생을 두었어야지. 허허허. 이것 참."

"이러다가 부자 되는 거 아닙니까? 하하."

"이놈아 그러기 전에 몸이 부서지겠다. 자자, 원생이가 왔으니 모두들 돌아가시오! 동생 앞에서 이 형이 추태를 부릴 수야 없지 않습니까!"

"하아, 알았네. 내 이만 가봄세. 하지만 다음에는 꼭 좀 부탁하게나. 내 이번 짐을 못 실으면 목구멍이 포도청일세!"

"아니! 이 사람이! 어디서 새치기야! 자네 목이 포도청이면! 내 목은 꿰다 놓은 보릿자루인가!"

여기저기에서 소란이 일어남과 동시에 나는 흐뭇하게 웃으면서 형에게로 다가갔다. 그리고는 나직하게 형에게만 들릴 목소리로 말하였다.

"오늘 배 한 번만 띄웁시다. 긴히 모셔다 줄 사람이 있어가지고. 헤헤."

"음? 허허, 내 누구라고. 알았다. 알았어."

"고맙수. 아참, 그리고 오늘 야간근무가 있으니 집에 일찍 못 들어가오."

"아이구, 것 참. 알았다. 하순절이라고 바쁘겠구나. 그래도 최대한 일찍 좀 오거라. 어머니가 아침부터 바리바리 음식을 만드시더구나. 이번 해에 너 와서 처음 맞는 하순절이니 그런가 보다."

쩝, 그러지 않아도 되는데 말이다. 집에 돌아와서 괜스레 챙겨주지 못하고 내 돈만 축낸다고 눈물 꽤나 쏟더니 그게 또 아쉬웠나 보다. 그래도 또 감당하지 못할 만큼 많이 만들면 안 되는데.

"엄마도 참. 알겠소, 내 끝나고 후다닥 들어가리다. 아, 그리고 내 포졸 한 명하고 보낼 사람을 붙일 테니 부탁 좀 하오."

“그래! 알았다. 내 오늘이 하순절이니 어디 한 번 힘 좀 쓰마! 하하하”

“그 힘은 장가가서 쓰면 안 되오?”

“이놈이! 하하하!”

“그럼 가오!”

형의 무안함에서 나오는 무의식적인 주먹다짐에 나는 내심 슬며시 웃음을 지으면서 그곳에서 나왔다. 이제는 포관으로 돌아가서 그 소저들과 함께 팽이현을 보내는 것뿐이다.

오늘 하루의 일이 좀 피곤하기는 했지만, 그래도 나름대로 일이 풀렸으니 답답한 가슴은 조금 나아진 것 같다. 평온한 하루가 계속되다 보니 온몸이 찌뿌드드하지만, 뭐 어쩌겠는가? 이것이 관리가 갖추어야 할 덕목인 것을.

나는 천천히 뒷목을 어루만지면서 포관으로 발길을 잡았다. 그리고 이런 저런 풍경을 보면서 거의 포관에 도착할 때쯤 기이한 광경을 보게 되었다.

정육이 웬일로 포관의 현관 앞에서 나를 기다리고 있는 것이었다. 원체 근무 시간만 지키고 근무만 제대로 서면 별로 신경도 안 쓰는 나지만, 정육 저놈이 하는 모든 일은 거의 아는 바가 없다. 물론 피해를 주지 않는 것이니 그러려니 지금껏 넘겼지만, 자신의 근무시간에 이처럼 포관 앞에 서 있는 경우는 없었다. 밥 먹을 때 빼면.

나는 슬며시 정육의 정면으로 다가갔다. 그리고 팔짱을 끼고 조용히 나를 기다리고 있는 정육에게 말을 건넸다.

"왜? 배고파?"

정육은 잠시 머뭇거리다가 간신히 입을 뗐다.

"……조퇴 좀 하겠소."

내 농담이 통하지 않는다는 것은 별로 재미가 없었지만, 저놈도 어지간히 재미없는 놈이었다. 보자마자 조퇴하겠다니. 그것도 하순절에. 그래도 싸우면 내가 지니까 물어보았다.

"왜? 어디 아픈가?"

퉁명스러운 나의 대답에 정육은 잠시 눈을 감더니 무언가를 골똘히 생각하고는 다시 입을 열었다.

"조퇴 좀 하겠소."

"……"

고작 생각하고 한다는 말이 저거다. 살짝 기분이 상했다. 그래도 엄연히 상관인데.

"이유는 없나? 그래도 이유가 있어야 조퇴를 시켜주지. 그것도 하순절에 말이야."

"아파서 그렇소."

이제껏 안 아프다가 저런 멀쩡한 얼굴로 '나 아프오!' 이렇게 당당하게 외치니 별 할 말이 없다. 저 박력을 높이 사서 조퇴시켜준다. 젠장, 절대로 내가 맞을까 봐 그러는 건 아니다.

"으음, 알았네. 내 조퇴로 잡아 놓지. 그리고 혹여 시간 있으면 밤 시간에 들르게나. 내 시원한 죽엽청과 안주거리 좀 만들어 놨다네."

"고맙소."

저놈은 확실하게 부러질 놈이다. 절대로 꺾이거나 구부러지지 않는 놈. 그래서 일찍 지 목숨 단축할 놈.

나는 정육의 뒷모습을 지켜보면서 입을 다시고 천천히 포관으로 들어갔다. 거기에는 두 소저가 초조한 모습으로 팽이현과 더불어 앉아 있었고, 나의 인기척에 두 소저는 동시에 나를 쳐다보았다.

그 모습이 흡사 무언가를 간곡히 갈구하는 강아지 같은 모습이라 내 마음은 동정심과 귀여움이 무럭무럭 피어났다.

"어, 어찌 되었습니까?"

팽이현이 나에게 다급하게 달려와서 물었다. 나는 그런 팽이현을 제쳐두고 두 소저의 얼굴을 보면서 말했다.

"배편은 구해 놓았으니 서둘러 조심히 다녀오시오. 그리고 가는 길까지는 저기 있는 팽 포졸이 동행할 테니 걱정 마시고."

나의 자상한 말에 팽이현은 무언가 억울한 감이 있는 듯이 나에게 따져 물을 기세였다. 하나 두 소저가 무릎을 꿇고 나의 발치에 눈물을 흘리는 장면을 보자 금세 당황하는 기색이었다.

물론 나도 당황한다.

"흐흐흑! 소저! 포두님에게 잊지 못할 은혜를 입었습니다. 정말 감사하옵니다. 흐흑."

"저두 정말 감사하옵니다. 이제껏 저희에게 이렇게…… 흐흡!"

"아이고! 이거 왜 이러나! 자자! 눈물 그치시구. 시간도 없을 텐데. 어서어서 발을 재촉하시오."

나는 그 두 소저의 팔을 잡아끌어서 일으켜 세우고 품 안에서 수건을 꺼내어 그녀들의 얼굴을 닦아 주면서 말했다. 아까도 말했지만, 난 정말 여자가 우는 것에 적응이 되지 않는다. 전쟁터에서도 여자가 우는 것은 별로 보지 못했고, 매일 창기와 희희낙락했으니 이런 상황은 거의 숙맥이었다.

"저희는 운하련, 운하윤 자매이옵니다. 꼭…… 기억하겠습니다. 흐흐흑."

아니, 기억하지 마. 너희 만나면 괜히 도와주고 싶고, 막 무엇을 주고 싶고 그래. 그러니 웬만하면 만나지 말자.

나의 이 속마음을 아는지 모르는지 그저 나에게 연신 고개를 숙이면서 팽이현과 같이 포관을 나서는 운씨 자매들을 보았다.

"어린 나이에 관기라니. 후우."

부모도 몹쓸 짓이다. 저렇게 어여쁜 딸들이 관기로 팔려야
하겠는가. 그냥 좀 부귀영화는 못 누려도, 따스한 밥에 집이
있고, 일할 때가 있으면 그것이 사람 사는 것인데. 무엇이 아
쉽다고 권력 다툼에 아웅다웅인 것인가.

第八章

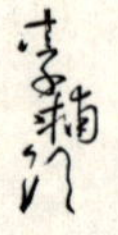

― 정육.

　정육은 본래 운남 지방의 작은 고을에서 태어났다. 어릴 때부터 기구한 인생을 시작한 것은 아니었으나, 부모의 버림으로 하루 한 끼 먹는 것도 힘든 생활을 했던 통에 그의 성격은 그 나이의 또래보다 훨씬 더 성숙해질 수밖에 없었다.

　그리고 어느 때처럼 시장에서 적선과 허드렛일을 하면서 보내고 있던 중 우연치 않게 피를 흘리고 외진 곳에서 쓰러져 있던 누군가를 구해 주었다. 그런데 알고 보니 그 사람이 그

지방의 호족 중 최고의 권세를 가진 호족이었다. 이를 인연으로 정육의 사람됨을 알아본 그 호족은 정육을 자신의 집에 두고 가르쳤다. 특히나 무예에 관한 것에 대해서 발군의 능력을 보였다.

그 호족은 정육의 실력을 보고 흐뭇한 마음으로 사부를 주선해 주었고, 그 사부가 바로 무림에서 창법으로 이름을 날리던 창귀(槍鬼) 상철지였다. 당시 상철지는 창법의 표흘함과 무쌍함을 갖췄지만 인격 자체는 너무나 정치적인 사람이었다.

그래서 다들 자신의 소속으로 만들기 꺼렸던 것이 사실이었다. 심지어 정육을 보듬어준 그 호족은 현 황실에 불만은 품은 개혁가적인 성향을 가지고 있던 차였다. 그런 사람이 상철지를 정육의 사부로 불러 들었으니 이것은 주변에서 보기에는 거의 자살행위나 다름이 없는 짓이었다.

처음 상철지는 고분고분하게 정육을 가르쳤다. 물론 정육의 남다른 실력과 인성도 한몫을 하였지만, 상철지의 교육 방식도 남달랐다. 무슨 이유에선지 몰라도 자신이 직접 선택하지도 않은 정육에게 열과 성의를 당하여 가르치는 것에 모두들 의아해했다. 그 자존심이 하늘을 찌르던 상철지가 고분고분 말을 듣는 것도 모자라서 출신도 모르는 정육을 남달리 가르치다니!

그러나 이 모든 것이 상철지의 계략이었다. 그는 기회를 노리는 것뿐이었다. 현재 황실에 반감을 가지고 있던 호족이 다른 마음을 품은 증좌를 잡아내기 위해서 움츠리고 있던 것뿐. 이런 상철지의 속마음을 아는지 모르는지 정육의 실력은 출중해졌고, 상철지 본인도 가르치다 보니 남다른 발전을 보이고 있는 정육에게 애정을 갖기 시작하였다.

'여기서 죽이기는 아깝군. 나중에 크게 될 녀석인데.'

아쉽기는 하였다. 상철지 본인도 정육만큼의 제대로 된 제자를 갖는다는 게 어려운 일임을 알기 때문이다.

'그러나 어차피 내가 황실에 입궁하게 되면 상황이 달라지겠지. 저 녀석만 한 인재가 천하에 둘도 없을 리는 없다.'

상철지는 마음을 굳게 먹었다. 그래도 저렇게 땀 흘려 열심히 수련하는 정육이 안쓰러워 보이기는 하였다. 그도 본래는 그렇게 악인은 아니었으니.

그렇게 시간이 가고 정육이 성인될 나이인 열아홉이 되었다. 그 호족의 보살핌 속에 체격도 월등하게 자랐고, 이목구비도 뚜렷하게 되었다. 정육 본인이 익힌 창법도 무려 오성에 다다르게 되었다. 상철지는 내심 놀랐다.

'이 녀석이 여기에 머무르게 되면, 내 계획에 차질이 발생하겠어.'

물론 자신과 겨뤘을 때는 자신이 이길 것이 분명하였지만, 오십 수를 섞어야지 제압이 가능할 것 같았다. 또한 정육이 본인이 마음먹고 수비만 치중한다면 백수를 넘기고야 제압이 가능하였다. 그러면 시간이 너무나 지체되어 호족을 잡을 수가 없는 노릇이다. 일단 잡아 놓아야 이제껏 모은 증좌를 가지고 죄를 치좌할 수 있는 것 아닌가.

상철지는 고심 끝에 한 가지 수를 내었다. 현재 실력에 만족하지 말고 세상으로 나가서 사람들과 겨루고 오라고 말이다.

물론 그때까지 고분고분하였던 상철지기 때문에 그 호족과 정육은 속아 넘어갔음은 당연한 것이었다.

그런 사정을 모르는 정육은 아무런 의심도 느끼지 못하고, 그 호족과 두 딸의 미소 속에 집을 나서게 되었다.

'꼭 강해져서 지켜드리겠습니다.'

언제 길거리에서 죽을지 모르는 인생이었다. 그리고 자신도 그렇게 살다가 죽으면 끝이라고 여겼다. 하지만 우연에 의하여 그는 삶에 의미를 부여 받았고, 그는 마음을 먹었다. 어떠한 위험이 닥치던 자신의 삶을 구원해 주었던 호족과 두 딸에게 목숨을 바치기로.

그러나 그 목표는 삽시간에 부서져 버렸다. 집을 떠난 지 정확이 삼 일째 되는 날에 자신의 사부가 자신의 앞에 서 있었던 것이다. 예의 그 다정다감한 모습이 아닌 살기에 가득 찬 모습으로 말이다.

"이게 무슨 짓입니까!"

"나중에 네가 복수하기로 마음을 먹는다면 내가 귀찮아 질 것임은 당연한 일. 미안하지만 여기서 끝을 내야겠다. 어차피 내가 뿌려둔 씨앗이니, 내가 거두는 것도 맞는 일이지."

알 수 없는 말을 하면서 창을 뽑은 사부에게 정육은 외쳤다.

"도대체 그게 무슨 말입니까!"

"저승에서 만나서 물어 보거라!"

정육은 직감했다. 무슨 일이 생긴 것이 분명하다고. 또 그 이유는 사부가 만들어 냈다고.

'이럴 시간이 없다!'

정육은 사부와 겨룰 시간이 없었다. 이미 자신이 패할 것은 분명한 것이다. 일단은 하루 속히 본가로 돌아가 호족과 따님들을 피신시켜야 하는 것이었다.

"어떻게 사부님이 이러실 수 있습니까! 크윽!"

"원래 인간의 본성이라는 것이 이런 것 아니겠느냐. 권력에 취한 자는 권력에 중독이 되게 마련인 법!"

말도 안 되는 것이다. 그런다고 인(人)을 저버리는 짓을 태연하게 한단 말인가! 정육은 자신의 사부의 말에 확신하였다. 일이 생긴 것이다.

정육은 재빨리 자신의 품속에 있는 암기를 뿌렸다. 사천당가에서 비싼 값을 주고 산, 그녀들의 선물이었다.

창!

"크윽! 이게 무슨!"

정육은 뒤도 돌아보지 않고 달렸다. 상철지가 어떠한 상황인지 알 필요도 없었다. 자신의 몸도 상철지와의 일전에서 많이 망가져 있었지만, 정육은 미친 사람처럼 달렸다.

'살아만 있으십시오!'

몇 번을 되새겼는지 모르겠다. 그곳을 가는 동안 몇 번이나 곱씹었는지 생각조차 나지 않았다. 그리고 삼 일의 거리를 반나절에 주파하여 도착한 그 호족의 집은 충격 그 자체였다.

웅장했던 건물은 온데간데없이 사라져서 잿더미만 남았고, 자신을 반겨 주었던 현관의 문지기, 언제나 마음씨 좋은 웃음을 지어 주었던 주방의 아주머니, 자신을 보고 언제나 툴툴거렸지만 챙겨 주었던 마부 아저씨, 그리고 자신에게 인생에 기회를 주었던 자신의 주인.

한순간에 모든 것이 날아가 버렸다. 창끝에 걸려 있는 자신의 주인의 목을 멍하게 쳐다보고 아무런 행동도 할 수 없었다. 그저 눈에선 하염없이 눈물만 흐르고, 흐느끼는 목은 슬

품에 막혀서 쥐어 뜯어내고 싶을 뿐이었다.

삶에 의지가 사라지고, 목표도 사라졌다. 그는 그 순간 번뜩 스쳐지나가는 생각에 다시금 몸을 일으켜 세웠다.

'두 따님이 보이지 않는다!'

희망이 생겼다. 그리고 주변의 관청부터 시작해서 미친 듯이 뒤지기 시작하였다. 자신의 신분이 들통 나지 않게 조심하였던 것은 물론이고, 자신이 살아 있는 것을 안 상철지가 자신의 목에 거액의 현상금과 수배를 내렸기도 하였기 때문이다.

그렇게 더디던 두 따님의 행방을 알고 나서 그는 더욱더 충격에 휩싸였다. 얼마나 지키고 싶었던 품 안의 난초인가, 얼마나 자신의 주인이 바른 정신을 가지고 키웠던 자식들인가. 그런 그녀들이 이제 몸종보다 못한 관기의 신분이라니. 정육은 당장 가서 구해내고 싶었다. 그러나 그런 의기만으로 처리하지 못한다는 것을 뼈저리게 깨달았다. 분명 자신을 죽이기 위해서 두 따님들에게 감시를 붙여 놓았을 것이다. 또한 구해낸다고 해도 두 따님을 데리고 어떻게 도망치겠는가. 그래서 정육은 기회를 보기로 하였다. 모든 세상이 자신과 그 두 따님에게 멀어진 그 기회를 말이다.

정육은 직업을 가지기로 마음을 먹었다. 관에 속해 있지만,

아무도 신경 쓰지 않을 그런 직업. 포졸이 정답이었다. 포두의 직권대로 채용할 수 있는 최하급 관리. 그러나 현청에 아무런 제지도 받지 않고 들어갈 수도, 마음대로 나올 수도 있는 직업.

혹시라도 누가 그녀들에게 손찌검이라도 할까 봐 그는 항상 그녀들 곁에 붙어 있었다. 아무도 눈치채지 못하게, 그리고 그녀들 또한 신경 쓰지 못하게 말이다.

그래도 포졸이라는 것이 하루 맡은 일과가 있는 것임은 분명하다. 그러나 자신이 선택한 포관은 이미 부정부패에 찌들어 있었고, 포두는 자신의 잇속 채우는 일에 혈안이 되어 있었다. 그리고 정육은 미리 방해가 될 수 있는 인근 수로채 전부는 이 잡듯이 뒤져서 토벌해 버렸다. 자신을 상대할 고수도 없었고, 인원수만 있는 수로채들이 정육의 상대가 되지는 못했다.

그렇게 평화로운 날들이 계속되는 것인가 싶더니, 포두의 부정을 참지 못하고 폭발할 조짐을 보이자 포두는 도망쳤고, 새로운 신임 포두가 들어왔었다.

정육은 인상을 찌푸렸다. 만약 저 포두가 괜히 정석대로 나가고자 한다면 자신의 계획이 틀어지게 되는 것은 당연 하였기 때문이다. 그러나 정육의 고민은 기우였다. 신임 포두는 적절한 선에서 처신을 잘하는 인물이었다. 뇌물도 주면 받고,

주지 않으면 받지 않았다. 그렇다고 해서 뇌물을 준 사람과 주지 않는 사람을 차별하는 것도 아니었다. 그냥 미묘하게 신경을 더 써준다고 했을 뿐이다. 더군다나 크게 문제가 될 일이 아니면 무슨 일을 하든지 상관을 하지 않으니 정육의 입장에서는 더욱이 좋을 수밖에 없었다.

그리고 정육은 오늘을 생각하였다. 자신은 당장에라도 두 따님의 뺨을 때린 그놈의 멱을 따 버리려고 하였으나, 그렇게 되면 이제껏 자신이 조용하게 살아왔던 날들이 전부 사상누각이 되어버린다. 그래서 이러지도 저러지도 못하던 차에 정육은 지푸라기라도 잡는 심정으로 포두에게 알렸고, 포두는 자신의 예상을 뛰어 넘는 솜씨를 부려내어 두 자매를 살려 내었던 것이다.

정육은 보이지 않은 곳에서 고개를 앞으로 숙여 고마움을 전할 뿐이었다. 포두에게 직접 고마움을 전할시 자신과 그 자매를 엮어서 생각할 수도 있었기 때문이다.

'고맙소이다. 반드시 이 은혜는 갚을 것이오.'
그저 다시 한 번 고마움을 마음속으로 전했을 뿐이었다.

— 이원생.

"말도 마십시오. 그 소저들과 함께 타겠다고 어찌나 성화인지. 말리냐고 진땀 뺐습니다."

"음? 그래? 수고했네. 그럼 그 소저들만 태워 보냈는가?"

"주변 사람들이 의심할까 봐 짐꾼 두 명 더 태워놓았습니다."

역시 팽이현에게 시키길 잘했다. 그 두 소저들만 타고 갈 경우 주변에 시선들이 있는 만큼 무슨 소리가 나올 것임은 당연했다. 하지만 짐꾼 몇 명이 같이 탔다고 하니 다행이다.

"알겠네. 아참, 그리고 강가 포구에서 쏘아 올릴 폭죽 준비는 끝났는가?"

해년마다 하는 행사여서 그런지 밤늦은 시간이 되고 축제가 절정에 오르면 폭죽을 쏘는 행사가 있었다. 물론 화약을 취급하는 행사다 보니 당연히 관에서 직접 준비를 한다. 이곳 담당이 누군가? 바로 나. 다.

"아, 그건 포두님이 현청에서 받아 오셔야 합니다만, 아침에 못 들으셨습니까?"

"응, 못 들었어. 그럼 나보고 다시 현으로 갔다 오라고?"

"에이, 당연한 소리를."

"이 더운 날, 지금 나보고 두 번이나 갔다 오라고?"

"하하하, 포두님의 숙명입니다."

"하하하, 이 썩어죽일 놈이!"

정색을 하고 달려드는 나의 모습에 팽이현은 활짝 웃으면서 튀었다. 내 이놈을 잡으면 실컷 때리고 딱 두 대만 더 때리리라!

땀을 삐질삐질 흘리면서 팽이현과 같이 포관을 나왔다. 그 많은 폭죽을 어떻게 나 혼자 다 옮기겠는가. 한두 발 쏘아 올릴 것도 아닌 것을. 물론 장씨 형제를 데리고 가면 쉽겠지만 팽이현은 괘씸죄로 데려가는 것이다. 감히 상관을 똥개 훈련 시키다니. 네놈이 폭죽을 실은 수레를 끌어봐야 정신을 차리겠지. 후후훗.

"포, 포두님. 이렇게 더운 날에 수레를 끌면 저 죽습니다."

"헤헤, 괜찮아. 내가 죽는 것도 아닌데."

"아니, 그래도 그렇지. 저 오늘은 수레만 끌고 일 안 할 겁니다."

잘라 말하는 팽이현에게 나는 웃으면서 말하였다.

"헤헤, 그래 감봉 당해 봐."

"헉! 힘차게 일 하겠습니다."

후후후. 늦었다. 팽이현! 그러게 누가 이제 알려주고, 당연하다는 듯이 나를 보내려고 하는가. 다 자업자득인 법.

그렇게 팽이현과 나는 현청으로 빈 수레를 끌고 걸어가기 시작했다.

　본래 현청에서 좀 떨어지고 한적한 곳에 화약을 비치해 놓은 장소가 있다. 불똥이 튀기만 하면 터지는 화약을 누가 현청 가깝게 모아 두겠는가. 경비하는 인력이 좀 아깝기는 하지만 나중을 위해서라도 그것이 더 싸게 먹힌다. 일단 사고 터지면 현청이고 뭐고 날아가니 말이다.

　그렇게 현청에서 좀 떨어진 화약 저장고에 도착하였다. 경비가 삼엄하기는 했지만, 포두를 상징하는 패를 제시하자 몇 가지 물음이 들려왔다.

　"이번에 새로 포구를 관리하는 포두인가?"

　척 보기에도 나이가 많은 것 같아 보였지만, 초면부터 반말이라니 너무 심하지 않은가?

　"예, 그렇습니다."

　그래도 나보다 직급이 높으니 알아서 모셔야지.

　"허, 그래도 이번 포두는 괜찮게 생겼군. 저번 포두는 피둥피둥 살만 쪄서 보기도 안 좋더니. 크흠, 아무튼 이번 하순절에 쓸 폭죽을 가지러 왔겠지?"

　"그렇습니다. 그리고 이번이 처음이니 사용법도 좀 알려주시면 감사하겠습니다."

　화약은 군문에 있을 때 신물 나게 써봤지만, 섣불리 화약을

만졌다가 죽기는 싫었다. 물론 폭죽에 쓸 화약이 소량이라 할
지라도 내 목숨은 천금같이, 남 목숨도 천금같이.

"흠, 알았네. 뭐 간단한 것을 가지고. 아무튼 날이 더우니
혹여 라도 화약에 이상이 갈 수도 있으니 조심하게나."

자신의 말을 끝내고는 곧 자신의 뒤에 있는 나무상자를 내
가 가지고 온 상자에 실어 넣도록 하였다. 그러자 보초를 서
고 있는 두 사람이 그 나무 상자를 번쩍 들어 팽이현이 몰고
온 수레에 떡하니 실어주었다.

다행히 양은 그렇게 많지 않는 듯 보이나, 팽이현은 이 무
게를 가지고도 입에 엷은 미소를 지으면서 연신 나를 욕하고
있을 것이다.

"심지에 불만 붙이면 되네. 되도록 이면 평지에서 쏘아 올
리고, 주변에 사람을 가까이 오지 못하도록 하게나. 아, 그리
고 쏘아 올릴 시간은 저녁 먹고 나서 한식경쯤 후에 쏘아 올
리면 되네."

"다른 사항은 없습니까?"

"뭐, 다른 사항까지 있겠나? 아, 내 중요한 것을 까먹을 뻔
했군. 쏘아 올린 폭죽 개수를 세고 있으니 행여나 빼돌릴 생
각은 하지 말게나."

"하하, 그러합죠."

넙죽 인사까지 올리면서 말하니 화약고 담당은 내 어깨를

툭툭 치면서 이제 가보라는 듯이 손을 휘휘 저었다. 나는 그런 그 담당관을 보고 다시금 고개를 까딱 숙이고는 팽이현을 이끌고 다시 포관으로 돌아가기 시작하였다.

"헉헉헉! 힘듭니다. 포두님."

팽이현이 숨이 턱까지 차오르는 듯한 표정을 지으면서 동정심을 유발하려 하였다. 허허, 이 사람 보게. 언제부터 우리가 서로 챙겨주는 사이였다고.

"그럼 일찍 말하지 그랬어. 나도 힘든데."

나는 그렇게 말하고는 팽이현이 끄는 수레 앞부분에 가서 떡하니 걸터앉았다.

"저, 정말 이러시깁니까?"

팽이현은 도끼눈을 치켜뜨고 날 쳐다보았다. 하나 나는 그 시선을 가뿐히 무시하고 벌렁 누우며 흐뭇하게 웃었다.

"감봉 당할래? 아니면 갈래?"

"월봉 깎이기 전에 제가 먼저 죽겠습니다."

"괜찮아. 이 정도로는 사람은 안 죽어."

"죽는다구요!"

팽이현이 갑자기 악다구를 썼다.

"안 죽어. 일단 포관까지 가 봐. 죽나 안 죽나 시험이나 해보게."

나의 말에 팽이현은 포기했다는 표정을 지으면서 수레를

끌기 시작했다. 땀이 비오는 듯이 오는 그의 모습을 보고 있
잖니 흐뭇한 미소가 그려진다. 만약 내가 수레를 끌었으면 저
모습이 내 모습이지 않겠는가. 다행이지. 내가 포졸이 아니라
포두라서. <u>흐흐흐.</u>

　화약고에서 포관까지는 대충 어림잡아도 한식경쯤 가야
되는 거리다. 그 거리를 온몸으로 싸우면서 포관으로 수레를
끌고 도착한 팽이현이 쓰러지듯이 자신의 자리에 걸터앉으면
서 말했다.
　"으아! 나 일 못해!"
　"거참, 젊은 사람이 이정도 가지고 뭘 그래?"
　"그 말은 포두님이 말하는 것은 아니라고 봅니다."
　"내가 젊었을 때는 소도 번쩍번쩍 들고 그랬어."
　나의 말에 어이가 없이 쳐다보는 팽이현을 내버려 두고, 수
레 뒤에서 나무상자를 끌어 당겨서 포관으로 옮기기 시작했
다. 그리고 동시에 널브러져 있는 팽이현에게 물었다.
　"그리고 보니 작년까지는 어디서 폭약을 터뜨렸나?"
　"그냥 포구에 적당한 자리를 잡아 놓고 발사하였습니다.
헉! 헉! 헉!"
　더위에 헐떡대는 팽이현이 못내 안쓰러워 일을 더 주고 싶
었지만 참았다. 그래도 우리 포관에 한 명밖에 없는 행정관인

데 그러면 안 되지. 과로로 쓰러지면 귀찮은 업무들이 나에게
전부 몰리니.

"흠? 그래? 그럼 굳이 거기에 터뜨리지 않아도 된다는 말이
네?"

"뭐, 그렇긴 합니다만."

본래 폭죽이라는 것은 자고로 산 중턱쯤에 있는 바위에서
쏴야지 온 마을과 현에서 잘 보인다. 어찌 되었든 이 폭죽도
쏘아져 올라가는 높이가 일정했기 때문에 대충 쏘아 올려 버
리면 보기도 힘들고 멋도 없다.

나는 멋진 볼거리를 위해서 나무상자를 열어 폭죽의 종류
를 확인했다. 다행히 폭죽은 전부 공중에서 터지는 것뿐이었
다.

"해가 뉘엿뉘엇 져 가는군."

벌써 오늘 얼마나 많은 일이 있었는지 모른다. 점심 먹고는
감찰사가 왔다 갔지, 야식 좀 먹으려고 바로 시장에 다녀온
뒤에 운 자매 사건도 있었지, 거기다 폭죽까지. 오늘 일은 업
무량 초과다. 이 초과 업무를 누구에게 하소연할 수도 없는
일.

나는 폭죽이든 나무 상자를 끝으로 연결에 어깨에 짊어 졌
다. 그렇게 무거운 것도 아니어서 들 만하였다.

"어? 왜 그러십니까?"

"크크크. 내 좋은 구경시켜 줄 테니, 나 올 때까지 쉬고 있
으라고 팽 포졸. 후후훗."

멋진 구경을 보여줄 참이었다. 화약을 만질 줄 아는 사람이
폭죽을 만지게 되면 어떠한 일이 벌어지는지. 흐흐흐흐.

나는 화약을 짊어지고 근처 산으로 올라갔다. 장하강과 포
구 뒤쪽으로 난 산길을 따라서 좋은 자리를 물색했다. 그러다
보니 벌써 날은 거의 저물고 있었다. 방향을 살폈다. 자칫 사
람들이 보는 방향이 아니라면 내가 이 산까지 힘들게 짊어지
고 올라온 게 헛수고가 아닌가.

바람의 방향을 파악하고 주변에 화약이 튀어도 불이 붙지
않는지 확인하였다. 그리고 나무 상자에서 폭죽을 꺼내어 내
주변으로 둥글게 차례대로 정렬하기 시작했다.

원래 폭죽은 연달아서 그냥 쏘아 올리면 재미가 없다. 볼
만하지도 않고, 그래서 이처럼 어떤 모양을 잡아서 터뜨리고
한 번에 끝나면 섭섭하니 기본적으로 삼 회 정도는 터뜨리게
끔 나누어 놓았다.

자자, 오늘의 좋은 기억과 슬픈 기억들을 쏘아 올려 보자
고. 좋은 기억들은 널리 불꽃으로 퍼져서 함께 즐기고, 슬픈
기억들도 날려 버리자고.

화섭자를 꺼내어 들었다. 그리고 한 치의 망설임도 없이 심

지에 불을 대었다.

슈우우웅.

펑!

퍼퍼펑!

하늘에서 꽃이 피었다. 아마도 이걸 보는 사람들의 입에서도 꽃이 피겠지. 그러길 바란다. 오늘 하루 좋은 하루가 되었기를 바란다. 그리고 그 두 소저들에게도 좋은 일이 있기를 빈다.

＊　　　＊　　　＊

"내가 다시 한 번 술을 마시면 개다! 개!"

항상 하는 말이다. 그리고 항상 나는 개가 된다.

"시끄러워. 이놈아. 아무리 하순절이라고 해도 그렇게 술이 떡이 되도록 마셔서 되겠누?"

뭐라 할 말이 없다. 어머니에게 잔소리를 항상 듣지만, 항상 할 말이 없다. 나는 쑥스럽게 내 방에서 머리를 긁적거리면서 나왔다. 어제 내 관할의 포졸들과 약간 모자를 정도로 마시고 기분 좋게 집에 들어왔는데, 또 한상 푸짐하게 차려진 어머니의 상을 보고 마시지 않을 수가 없지 않는가?

또 형과 누나와 부어라 마셔라 했더니 지금 이 꼴이다.

“에이, 엄마 음식이 너무 맛있어서 그렇지. 헤헤.”

“어이구, 이놈 말이라도 못하면 밉지나 않지. 그건 그렇고 이렇게 늦게까지 잠을 자도 되는 거야?”

어제 야간근무를 해서 오늘은 늦게 출근해도 상관이 없다. 물론 ‘나’ 만이다. 다른 놈들은 다 정시 출근해야지.

“어제 근무를 오래 서서요. 오늘은 늦게 출근해도 상관없습니다. 마님.”

“하유, 입에서 술 냄새가 코를 찌르는 구나. 어여 씻어!”

“헤헤, 그러기에 누가 음식을 맛있게 하시래요. 헤헤.”

나는 어머니에게 들러붙으면서 말하였고, 어머니는 그런 나의 엉덩이를 몇 번 세게 토닥거리신 후에 부엌으로 나가셨다.

언제나처럼 우물가에 들려서 씻으려고 물을 뜨면서 볼을 쓸어 내렸다. 아직도 숙취가 좀 있는지 몰라도 몸이 찌뿌드드한 것이 찬물 좀 끼얹어야 정신이 들것만 같았다.

푸흠.

그냥 떠 놓은 물에 머리를 박아 버렸다.

뽀골뽀골.

한껏 입에 물을 머금고 통에서 머리를 꺼내자 맑은 공기가 콧속으로 들어 왔다. 그리고는 입안에 든 것을 세게 밖으로 내뱉었다.

푸파파파파!

물론 방향을 따로 정해 놓지는 않았지만, 아무런 생각 없이 뱉은 내 입속의 물은 그대로 내 앞에 서 있는 누군가에게 흠뻑 적셔졌다.

"아하하하하. 누나, 잘 잤어?"

퍽!

아오, 아파라. 하지만 멋진 정권 찌르기다.

"헤유, 정말이지. 어째 군문에 다녀와도 조심성은 변한 게 없어. 언제 클래?"

조용히 나무라는 누나에게 나는 얼른 허리춤을 끌어내리려고 하면서 말하였다.

"아니야, 여기는 더 커졌…… 아악!"

"누나에게 뭘 보여주려고 하는 거야. 이 녀석이."

꽃다운 나이이자 장하현에서 현모양처감이라고 소문이 자자한 바로 그 누나다. 단아한 자태에 숱한 남자들을 잠 못 이루게 만들었던. 나의 누나.

"이거 보래도. 군문에서 진짜 더 커졌…… 악!"

빡!

아오, 다른 사람들은 이런 성격인거 아나? 농담을 못하겠어, 아주.

"어이구, 다 큰 놈들이 무슨 장난을 그렇게 매섭게 하누.

설화하고 원생이는 밥 먹어라. 상 다 봐 놓았다.”

이설화. 누님의 이름이시다. 이름과 똑같이 눈의 꽃같이 아름답게 자라났고, 단아하게 컸지만 왠지 그건 동생인 나에게 해당하는 단어는 아닌 것 같다.

“꼭 속이 울렁거리는 동생 배를 차야 성이 차시겠습니까?”

아까 맞은 게 복부여서 그런지 어제 먹은 술들이 다시 밖으로 꺼내달라고 아우성치는 것 같다.

“그러니 행동 좀 자중해라.”

말은 저렇게 예의범절을 잘 지키면서 어째서 행동에는 거침이 없으시는 건지. 저도 사람인지라 맞으면 아픕니다.

“그걸 굳이 말로 하면 될 것을, 꼭 때려야겠습니까?”

“또 맞을래?”

누나가 주먹을 들어 보였다. 허걱!

“……밥이나 먹으러 가시죠. 하하하. 누님! 오늘 날씨가 맑네요!”

원래 여자는 잘 대해야 하는 것이다. 어떻게 저렇게 연약한 생물을 건드리는가. 그래, 이렇게라도 납득시켜야지. 난 절대로 맞기 싫어서 굽힌 것이 아니라고.

간소하지만 맛있게 차려진 해장용 밥상을 한 그릇 뚝딱 해치운 다음 천천히 관복을 입고 집을 나서기로 마음먹었다.

第九章

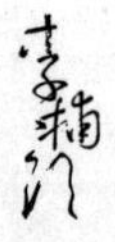

신발을 신고, 육모를 허리춤에 건 다음 서서히 문 밖으로
나가는 도중에 뒤에서 인기척이 들렸다.

"현 어귀까지는 같이 가자."

누님은 툭하면 명령조다. 내가 누님 명령에 따를 것 같소.
그래도 예전에 전쟁터에서 날렸던 장군인데!

"네, 알겠습니다."

내 의지와는 다르게 입은 바로 수긍했다. 아— 이런 내가
싫다.

자박자박.

집이 동산에 위치하고 있어서, 좌우로 풀과 나무가 무성히 자라 있었다. 현에서 멀리 떨어진 것은 아니지만, 그렇게 가까운 거리도 아닌 집이다. 그러다 보니 이렇게 걸어가는 시간이 좀 되었다. 하지만 절대로 집을 옮기고 싶은 생각은 없다. 여름이면 산들산들 바람이 불어오고, 그늘 진 곳이 없으니 겨울에는 따스하기까지 하다. 거기다가 우물까지 있는 집이 얼마나 되겠는가. 또 우물에서 나오는 물맛도 꽤 좋다.

"그리고 보니 네가 온 지도 꽤 흘렀구나."

걷다가 심심한지 누님이 말문을 열었다. 나는 고개를 끄덕거리면서 답했다.

"한 석 달 정도는 된 거 같소."

"흠, 그렇구나. 이제 좀 적응이 되는 것 같더냐?"

멀쩡히 직장 잡고 잘 다니는데 적응이 잘 되었냐니? 어찌 되었던 물어 보기 때문에 답은 해주었다.

"집나간 세월이 무색한 거 같소."

매일 꿈에 한시라도 잊어본 적이 없이 꾸었으니, 그럴 만도 하였다. 처음 집에 도착했던 느낌이 그냥 오랜만에 온다는 느낌밖에 없었으니 말이다. 내가 생각했던 풍경과 너무나 닮아 있었고, 너무나 이질감이 없었다.

집으로 걸어가는 나뭇잎 하나하나까지 말이다.

"다행이구나."

초연하게 말하는 누님의 모습 뒤로 무언가 안색이 어두웠다. 의구심이 드는 것은 당연하다.

"무슨 일 있소? 왜 갑자기 무게를 잡으시고? 혹시 그날……악!"

퍽!

군더더기 없는 멋진 당수로 내 뒤통수를 후려갈기는 누님은 한숨을 내쉬고는 다시 말문을 이었다.

"후― 누나가 일하는 포목점을 아느냐?"

"아고고, 당연히 알지. 장하현에서 천하포목점을 모르면 사람이오?"

이름도 거창하다. 천하포목점. 물론 거창한 만큼 규모 또한 거창하다. 단일 포목점으로 중원 전체에 걸쳐 지부를 가지고 있는 옷감 장사였으니.

쓰라린 뒤통수를 어루만지면서 답하자 누님은 다시금 깊은 한숨을 내쉬면서 말했다.

"그 포목점 아들이 누군 줄 아느냐."

"그걸 내가 어찌 아오. 그런 부자들 알면 내가 이러고 포두나 하고 있겠소?"

물론 나에게는 부자 친구 상원이 있다. 하나 그건 그거고 이건 이거다. 아니라면 어쩔 수 없지만. 후후후후.

"아마도 나이는 너의 또래가 되어 보이더구나. 물론 실제

나이 말이다."

내 나이를 꼭 굳이 그렇게 강조를 해야 하겠소. 그거 아시오? 누님도 내 핏줄이라는 것을. 내가 이렇게 늙은 게 곧 있으면 누님 차례란 말이오.

"크흠."

헛기침을 하자 누님이 콧방귀도 뀌지 않고 다시금 말을 이었다.

"너처럼 그렇게 강제로 군문에 들어간 게 아니라, 자원해서 들어갔다가 이번에 온 모양이더구나."

"오호."

살짝 흥미가 생겼다. 자원이라…… 그런 미친 짓을 한 녀석을 살짝 보고 싶기는 했다.

"스무 살의 혈기에 갔다고 하더구나."

"혈기를 쓸 때가 있지. 왜 좋지도 않은 곳을. 그래서요?"

"한데 정신이 그렇게 온전치 않나 보더구나. 밤에 헛소리도 하고, 거의 식음을 전폐하기도 하고. 그래서 너도 혹시나 해서 물어 보았다."

차분한 음성으로 나를 걱정해 주시는 누님의 마음에 참으로 고마움을 느끼지만, 석 달 만에 걱정해 줘서 조금은 슬프다.

물론 나라고 전쟁 후유증을 겪어 보지 않았겠는가? 매일 계속되는 전투에 지치다 보면 미치기도 하고, 스스로 목숨을 끊는 경우도 허다하다. 하지만 다행스럽게도 그런 역경이 있을 때마다 전투가 벌어져 살기 급급했다. 내 목숨 지키느라 이리저리 뛰다 보면 일단 사는 것밖에 생각나지 않았다.

"내 뱃살 좀 보시오. 두툼하지 않소. 잘 먹고 잘 싸고 있으니 걱정 마소."

내 배를 텅텅 치면서 담담하게 말을 하자 누님은 흐뭇하게 웃으면서 내 양 볼을 손으로 감싸 주었다.

"그래, 다행이구나. 우리 원생이."

어쩌면 누나가 더 어머니 같을 수도 있겠다. 쩝, 갑자기 생각하니 눈물이 핑 도네.

나는 잠시 신파극을 마무리하면서, 누님을 포목점까지 데려다 주고는 곧장 포관으로 걸어갔다. 축제가 끝나서 그런지 몰라도 거리가 한산하다고 느껴지는 것은 단지 착각일 뿐 일 것이다. 거리에 여전히 사람이 많이 있었지만, 다들 어제의 생기 넘치는 모습이 보이지 않는다.

이런, 이런 다들 어제 좀 노셨구려.

술은 적당히 먹자.

"포두님, 나오셨습니까?"

긴 거리를 가로지른 다음, 포관에 들어서자 팽이헌이 서류

작업을 하던 도중에 날 반겼다. 나는 입맛을 다시면서 말했다.

"쩝쩝, 애들은 다 나왔고?"

"아, 전부 아침 정시에 출근했습니다."

"하아아암, 쩌ㅡ 업. 좋아, 좋아. 자아, 오늘 보고 사항은 좀 있나?"

나는 기지개를 펴면서 팽이현에게 물었다. 팽이현은 무언가 곰곰이 생각해 보다가 고개를 좌우로 저으면서 말하였다.

"뭐, 특이 사항은 없었습니다. 포구와 강가에서 몇몇 취객이 소동을 피운 것 이외에는 평소와 같습니다."

"흠? 그래? 소동은 잘 마무리 지었나?"

"소동이라고까지 말하고 싶으나 그냥 취중에 고래고래 소리를 지른 것뿐이어서 술 몇 잔 더 먹이고 재웠습니다."

정말 상황 판단력이 좋다. 저런 판단은 쉽사리 나오지 않는 것인데 말이다. 역시 나의 눈썰미는 대단해. 훗훗!

"잘했네. 그럼 오늘 상단 검수는 몇 건인가?"

"현재 두 상단이 기다리고 있습니다. 오후에는 한 개의 상단이 있고요. 둘 다 보통 덩치가 큰 것이 아닌지라, 검수하시려면 시간이 걸리실 것 같은데요?"

"한 명 가지고 어떻게 검수를 하라고. 어이구, 부지런히 움직여야지."

나는 투덜거리면서 서류 책 하나와 지필묵 하나를 챙겨들고 포관을 나와 포구로 걸어갔다. 팽이현의 말대로 거리가 좀 있는데도 어마어마한 물품과 사람들이 모여 있는 것이 보였다. 저 정도 규모면 어쩌면 중원 오대 상단일 수도 있겠다 싶었는데, 역시였다.

대원(大元)상단과 중원(重原)상단이 나란히 자웅을 겨루면서 나를 기다리고 있었다. 중원 오대 상단의 상단주는 만나지도 않는다. 더군다나 부단주도 안 보인다. 그냥 상단의 길을 총괄하는 사람만이 나를 반길 뿐이다.

당연하지만 이런 대규모 상단인 경우, 특히나 중원에서 다섯 손가락에 꼽히는 상단인 경우는 그 직책도 남다르다. 전쟁 때 물자를 대주었던 공도 있어서 오대 상단의 상단주들은 벼슬을 한 가지씩 받았는데, 전부 다 종칠품의 품계를 받았다.

참고로 포두인 나는 품계도 없다. 제일 하급인 구품부터 품계가 주어지는데, 현령이 종육품이니 칠품인 오대 상단주들은 거의 권문세가의 품계 정도 되었다. 그러니 그 비싼 얼굴들을 나에게 보여주지 않지.

"어이고, 이거 수고가 많으십니다. 이 포두입니다."

나는 먼저 달음질하여 포권을 취하면서 인사를 건넸다. 거기에는 산전수전 다 겪어 보이는 험상궂은 인상의 사내가 나의 모습을 보고 서둘러 포권을 하는 나의 팔을 붙잡으며 말하였다.

"이거, 내 정신이 없었소이다. 대원상단의 모가입니다. 한데 못 보던 사이 포두가 바뀌었나 봅니다."

인상이라면 나도 한 인상하기 때문에 뭐 그리 꿀리진 않았지만, 저 얼굴로 살살 말을 하니 귀가 가려운 것은 어쩔 수 없었다.

"뭐, 그렇게 되었소이다. 아무튼 갈 길이 바빠 보이시니 검수 품목이나 봅시다."

"저희 갈 길을 생각해 주니 감사하오. 자아, 여기 있소."

자신의 소매 주머니에서 종이를 꺼내어 나에게 주었다. 그것을 받아 들어서 찬찬히 읽어보니, 이거 여간 상품의 종류가 많지 않을 수가 없었다.

이걸 나 혼자 검수하려면 죽을 노릇이다. 물론 이런 사정을 알기 때문에 강 건너의 수도로 들어가는 검문소에서 일일이 검수를 다 하긴 한다.

그래도 일은 일인지라 흉내는 내야 하기 때문에 그냥 아무것이나 집어서 몇 가지 물품만 검수한다.

"서역의 비단과 해남의 건어물을 좀 봅시다."

이 두 가지는 상자의 부피가 좀 있어서, 안에 다른 것을 집어넣어 놓기가 좋았다. 하지만 이런 검수가 중원 오대 상단에는 별로 필요 없는 것이 돈도 많은 사람이 굳이 법을 어기면

서까지 돈을 벌지는 않는 다는 것이다. 공명정대를 떠나서 위험부담이 크면 상품의 이익도 많이 남기는 하지만 한번 걸리면 그대로 끝이기 때문이다. 황궁에서도 이들의 재물을 탐하기 위해 시시탐탐 노리는데 굳이 그들의 입에다가 집어 넣어주는 꼴은 피해야 할 것 아닌가.

"자자, 이쪽으로 오시오."

나와 거리가 별로 떨어지지 않은 마차에 가보니 상자가 그득하였다. 그리고 그중 하나를 집어서 열어 보았다.

"오, 이게 말로만 듣던 서역의 비단이구려."

절로 감탄사가 튀어 나왔다. 눈으로 보기만 해도 얼마나 값어치가 나가는 상품이지 알 수가 있다. 정말 수식어가 필요 없는 최고급의 원단.

"허허, 대원상단에게 겨우 이 비단쯤이야."

자부심이 느껴지는 말이다. 겨우 이 비단이라니, 이것만 해도 내 일 년 봉급이 나가겠구만.

"역시 중원 오대 상단이오. 자아, 그럼 건어물만 파악해 보고 어서 갑시다."

그래, 다음 상단도 기다리잖니. 중원상단이 저 뒤에서 날 뚫어지게 쳐다보는 것이 내 등이 뚫리겠다. 오대 상단이 서로 경쟁하는 사이긴 하지만, 나는 먼저 온 순서대로 검수를 할 뿐이라고!

"허허, 왜 그리 급하시오. 천천히 하시오. 뒤에 중원상단이
있어서 그렇소이까?"

뜨끔.

가슴이 콕 찔렸다. 하나 그런 것을 내색할 내가 아니다.

"검수 받을 상단이 있다면 관에 종사하는 저로서는 빠르고
신속하게 편의를 제공해야지 않겠소. 하하…… 하!"

뒤에 힘이 많이 빠진 웃음이기는 하다.

이것들이 뒤에 있는 중원상단을 나를 통해서 물을 먹이려
고 하고 있네? 고래 싸움에 새우등 터지기 전에 빨리 벗어나
야지 이거 원.

"아직 배 시간도 많이 남아 있으니 날씨도 덥고 한잔하시
는 게 어떠십니까? 이거 조촐하지만 제가 사겠소이다! 허허
허!"

"근무시간에 음주는 권장사항이 아닙니다. 서둘러 끝내고
나중에 돌아올 때 한잔합시다. 자자, 빨리 건어물만 보고 갑
시다. 하하하."

"거참, 포두 성격 하고는. 자자, 제가 산다니까요!"

"하이고, 왜 그러십니까. 이거 난처하게 하지 마십시오."

이런 실랑이를 보다 못했는지 뒤에 있던 중원상단의 거칠
게 생긴 사내 한 명이 뛰어나왔다.

"이런 비렁뱅이 대원상단 놈아! 왜 공무 중이던 사람을 겁

박하느냐!"

이런! 터질게 터졌군. 아, 젠장. 어제는 기생오라비가 한 건 터뜨리더니 오늘은 너희냐!

대원상단의 험악한 사내도 내 팔을 잡던 손을 탁! 놓고는 그 거친 사내에게 삿대질하며 소리를 높였다.

"뭐? 비렁뱅이! 이런 예의범절도 모르는 양아치 상단 주제에!"

"뭐라고! 그럼 선량하게 공무를 보던 포두를 강제로 객잔으로 잡아끈 놈이 하는 소리더냐!"

"그건 포두가 결정할 사항이다! 왜 여기 와서 훼방을 놓는 것이냐!"

"모팔모! 네놈이 정녕 중원상단에 침을 뱉는 것이더냐!"

"남태중! 감히 내가 하늘같은 중원상단에 침을 뱉다니! 무슨 망발이더냐!"

그 둘이 한 치도 물러섬이 없는 대치 상황이 일어나자, 각 상단의 짐꾼과 호위들이 자신들의 무기 하나씩 들고 주변으로 모여들었다.

자칫하면 큰 싸움으로 번지는 상황이었다. 이 상황을 어떻게 잠재우려나 싶기도 하고, 그냥 두 집단이 박 터지게 싸우고, 몇 사람 의방으로 실려 가면서 나는 보고서 몇 장 제출하고 끝내고 싶기도 했다.

살짝 그런 마음이 들었다는 것이다. 결코 그것을 꼭 바라는 것은 아니다. 하나 그것을 그대로 볼 수는 없다. 그랬다가 큰 사달이라도 나면 모든 것이 내 책임이다. 골치 아픈 일은 미연에 방지하는 것이 상책이다. 결단코!

"이러면 둘 다 검수 대기하겠습니다."

금방이라도 터질 것 같은 화약고 같은 상황을 잠재우기 위해서는 이런 단호한 목소리가 필요하다. 그러기에 좀 서로를 피해서 좀 상단 일정 잡지. 이런 사소한 분쟁을 일으켜서 소요되는 시간이 아깝다. 아까워.

"허, 크흠."

나의 말이 먹히기는 한 건지, 곧 폭발할 것만 같던 두 상단의 사람들이 헛기침과 함께 말을 이어가지는 못하였다. 이 사람들도 알 것이다. 이런 필요 없는 불필요한 분쟁이 얼마나 쓸모없는 것인지를. 그리고 여기서 자존심 세우면서 충돌하였다가는 자칫 잘못하면 상단의 위신도 떨어진다는 것을.

내가 적절하게 말릴 때 그만두는 것이 모두를 위한 것임을 이 사람들도 많은 경험에 의해서 알고 있다.

"자자, 그럼 어서 검수를 끝내 봅시다. 서로서로 좋은 게 좋은 거지 않습니까. 가뜩이나 이렇게 날씨도 더운데 말입니다. 아, 덥다. 더워."

한결 누그러진 나의 말에 두 상단의 사람들도 한풀 꺾인 목소리로 대답하였다.

"포두님 말에 일리가 있으니. 커험, 내 물러납죠."

"크흠, 그러기에 미리 말을 들었으면."

대원상단의 모팔모는 트집을 잡았지만, 지나가는 말투로 하였으니 들리지는 않았을 것이다. 뭐 들렸어도 내가 재빨리 다음 말을 이어 가서 말문을 막아 버렸으니.

"빨리 검수를 마치겠으니 중원상단은 내 처지 좀 봐주시오."

내가 이렇게까지 나오면 알아서 누그러질 줄도 알아야 한다. 솔직하게 말하자면, 검수하는 사람이 갑인 것을. 검수 받는 상단의 위치는 '을'이다. 갑이 이렇게까지 양보하면서 봐달라고까지 했으면, 눈치 있고 경험 많은 사람들은 조금은 기분이 언짢더라도 뒤로 물러나기 십상이다.

그리고 적당히 여기쯤에서 일이 끝나야 정상이다. 하나 문제는 항상 예기치 못하는 상황이 발생을 한다. 그냥 이처럼 좋게 넘어갔으면 하는 바람은 처절하게 밟아 버리는 그런 상황.

"그래도 검수는 철저히 해야 하지 않겠소? 국법에 따라 말이오."

옛말에 이런 말이 있다. 자식 싸움은 부모가 나서면 안 된다고. 이 말은 매우 많은 것으로 응용이 가능한데, 딱 이 모양세가 이렇다.

종놈들 싸움이 집안싸움까지 간다고. 이 엄중한 목소리하며, 깊고 심도 있는 발걸음에 보기만 해도 비싸 보이는 옷과 장신구들.

그가 누구인지 정확히 알지 못했지만 지금 상황 같은 경우에는 척보면 바보가 아닌 이상은 누군지 알게 된다.

대원상단의 상단주. 그였다. 보통 다른 여타 지방으로 순회하는 상단 같은 경우 상단주가 따르지 않지만, 이렇게 수도에 직접 물건이 가는 경우는 필히 상단주가 동행한다. 그래서 웬만하면 나도 목소리 크게 하지 않고, 조용조용 넘어가려고 했던 것이다.

"아, 물론 그래야 합니다만 기다리는 민원도 많고, 또한 인원도 저 혼자뿐이거니와."

"허어, 아무리 그래도 지엄한 국법이 있는 것임을. 어찌 위험할지도 모르는 상단을 그냥 몇 가지 물품이 안전하다는 이유로 수도로 들여보낸단 말이오?"

대원상단의 상단주는 단단히 마음을 먹었나 보다. 내가 못 가는 한이 있더라도 중원상단을 물 먹이리라는 마음을 말이다.

난감하다. 내 심정은 난감하다. 얼마나 난감하겠는가. 그냥 상단의 주인이면 말도 안 한다. 대륙에서 가장 큰 오대 상단주 중 하나이며, 종칠품의 품계까지 있는 관리이다. 대륙에 차고 넘치는 한낱 포두 따위가 어떻게 상대하는가.

"하이고, 물론 그래야 합죠. 상단주의 말이 틀린 것은 하나도 없으나."

"그럼 어서 물건을 '하나하나' 검수하지 않고 뭐하는 것인가?"

염병, 엿 됐다. 아무리 그래도 그렇지 같이 밥 먹고 살아가는 처지에 좀 돕고 살면 안 되나? 고래 싸움에 새우등은 이미 터졌고. 아오, 나도 그냥 나 포두처럼 도망갈까?

연신 방법을 강구하고 있을 때, 뒤쪽에 있는 중원상단 쪽에서 낭랑한 목소리가 튀어나왔다. 분명 여자의 목소리이다.

"대원상단의 억지가 너무하신 것 아니옵니까?"

모두의 시선이 그 목소리로 쫓아서 한곳으로 모아졌다. 그곳에는 당당하게 서 있는 여자가 있었다. 중원상단을 지칭하는 자수가 놓아진 푸른색의 무복을 입고, 긴 머리를 뒤로 질끈 묶은 여성. 그녀의 말은 패기가 넘쳤다. 호리호리한 몸과 가녀린 얼굴과는 다르게 눈에는 생기가 흘렀고, 포권하는 그녀의 몸짓에는 자신감이 흘렀다.

"허, 이거이거, 오랜만이오. 상단주는 안녕하신가?"

대원상단주의 말에 그녀는 한 치의 물러섬이 없는 목소리로 답하였다.

"저희 아버님은 아직도 정정하시옵니다. 걱정 감사드립니다."

"흐흠. 중원상단의 여식이 가히 대장부의 패기에 능가한다더니. 장안의 소문이 맞기는 맞군."

한 치의 말에 밀리지 않고 말하는 중원상단의 여식은 대단하였다. 물론 나는 썩 반길 만한 상황은 아니었다. 어찌 되었든 보아하니 중원상단은 저 여자가 담당하고 있는 것인가 본데 서로 두 상단의 책임자가 나왔으니 지금부터는 작은 일이 아니다. 이제 상단의 명예가 달린 문제로 커져 버렸다.

갑자기 모든 걸 다 포기하고 싶어졌다. 하나 그렇게까지 책임감이 없는 사람이 아니다, 나는. 진짜야. 진짜.

일단 상황 파악 먼저 해봐야 한다. 둘 다 바쁜 상황에 처해 있는 상단인데, 무슨 이유로 중원상단의 길을 이렇게 막는 것인가? 또한 단순한 아랫사람들의 기세 싸움인데도 불구하고 상단주가 직접 모습을 드러내는 것인가?

이익? 아니다. 이 물품이 정해진 기한 안에 들어가지 못하여도 상단에 피해는 미미한 것이다.

단순한 자존심 싸움? 그러기에는 뭔가 걸리는 것이 많다. 찝찝하다. 그것도 엄청나게 찝찝하다.

나는 슬쩍 중원상단의 마차를 보았다. 그리고 보자마자 대원상단이 이처럼 기를 쓰고 중원상단의 길을 막는 이유를 알

수가 있었다.

마차 아래로 뚝뚝 떨어지는 물과 빛이 절대로 들어가지 못하게끔 두꺼운 천막.

중원상단의 물품은 바로 '얼음'이다.

이 더운 날에 얼음을 수도까지 움직이다니, 정말 이것은 오대 상단 중 하나인 중원상단이 아니면 생각도 할 수 없는 것일 것이다.

"그렇게 소녀를 생각해 주시니 감사하옵니다. 그러니 그 생각을 한 번만 더하시면 안 되겠습니까?"

"나는 지엄한 국법을 강조한 것일 뿐. 중원상단에 억하심정은 없다네."

쿨럭! 이봐, 대원상단주. 누가 봐도 억하심정은 차고 넘칠 것 같은데. 지금 이 꼴만 봐도 이런데 다른 곳에서 이권 다툼은 얼마나 심하겠는가?

대원상단주의 말에 그녀는 포권을 풀고 다시금 외쳤다.

"그럼 원하시는 것이 무엇이옵니까? 소녀가 드릴 수 있으면 드리겠사옵니다."

저 여자 위험함 말을 함부로 하네. 그러다가 정말 뜬금없는 거 원하면 어쩌려고? 그럼 상단 망신 톡톡히 시키는 것인데.

"호오, 그럼 지금 운송하고 있는 상단 물품을 나에게 넘기던가."

아무리 금액을 적게 쳐주어도 중원상단의 지금 물품은 어마어마한 물량이다. 그 금액을 아무렇지도 않게 넘겨주라고 말하는 대원상단주의 성품에 깊은 주먹 감자를 날려준다.

보기에는 선하게 생긴 늙은이 같아도 정말 산전수전 다 겪은 노장의 말에 그녀는 매섭게 대원상단주를 쳐다보았다.

"정녕 이런 식으로 나오실 겁니까?"

"중원상단의 여식은 말조심하시오. 우리는 절차에 따라서 검수를 받으려고 하는 것일 뿐."

대원상단주 옆에서 염소수염을 한 부상단주가 엄중히 따져 묻자 그녀는 버럭 소리를 쳤다.

"대륙의 상도는 어디 있는 것입니까! 아무리 대원상단의 위세가 대단하다고는 하나! 이리도 중원상단을 핍박해야 하겠습니까!"

"다시 한 번 말하지만! 우리는 지엄한 국법에 따라서 여기 있는 포두가 일일이 검수를 하기를 바라는 것일 뿐이오. 상도를 따져 물었으니 그대도 잘 알 터. 상도는 국법에 의하여 나오는 것인 것을."

자꾸 내 앞에서 국법, 국법을 말하니 왠지 국밥이 먹고 싶다.

아, 젠장맞을! 이 많은 물품을 언제 검수해? 그리고 여기서 싸우지 말고 강 건너서 싸우라고, 여기는 아무런 힘도 없는

한낱 포두와 가치도 별로 없는 아주 조그마한 포구일 뿐이라
고.

"자자, 포두는 어서 일을 끝마치게. 저기 뒤에 있는 중원상
단이 목을 빼고 기다리지 않은가? 허허허."

제 목숨도 염라대왕이 기다리는 것 같습니다. 허허허.

"지엄하신 국법에 따라서 검수하겠습니다."

별 방법은 없다. 까라면 까야지 어쩔 것인가. 하지만 그냥
보내주면 섭섭하다.

"허허, 당연히 그래야지. 그럼 부상단주가 처리하게나. 커
험."

"단! 국법에는 이렇게도 쓰여 있죠. 포구 관리자의 권한에
의해 위험하다고 생각되는 상단의 물품을 압수, 관리 처분할
수도 있습니다."

나의 말에 흐뭇하게 상황 처리를 하고 돌아가려는 대원상
단주의 발목을 잡았다. 협상의 수단으로 국법을 들먹였으니,
나도 들먹여 줘야지 뭐.

"일개 관원 주제에 나의 말에 역정을 내는 것인가?"

대원상단주의 눈꼬리가 올라갔다. 하나 어쩔 수 없다. 나
도 편하고 다른 사람도 편하려면 이 방법밖에는.

나는 슬며시 대원상단주의 앞으로 다가갔다. 총총거리는
내 발걸음에 그 누구도 막지는 않았다.

나는 부상단주의 제지로 바로 앞에 멈추었다.

"흠? 지금 이게 무슨 짓인가?"

"역정은 아닙니다. 제가 무슨 힘으로 역정을 내옵니까?"

처음 그 단호하게 국법을 들먹이는 말과는 달리, 조용하게 그리고 비굴하게 웃으면서 말하는 내 태도에 대원상단주는 잠시 미간을 찌푸렸지만 이내 평상을 되찾고 다시금 물었다.

"그럼 지금 하는 행동의 저의가 무엇이지?"

"제 말 좀 들어 보시겠습니까? 정말 이대로 저 혼자 저 많은 양을 검수하면, 포구 관리도 제대로 되지 않고 그 보고가 현으로 전해질 것입니다. 그러면 일이 커질 것임은 자명한데 그래도 하실 겁니까?"

"뭐, 어떻게든 되겠지. 수고하게나."

이건 유추해 볼 때, 아예 작정하고 중원상단이 무엇을 운반할 것인지 정보를 입수한 다음에 미리 기다렸다는 것인데.

머리가 아파진다. 그래도 뒤돌아 가는 대원상단주를 잡아야 하지 않겠는가.

"그럼 중원상단의 물품부터 먼저 검수하겠습니다."

이건 정말 최악의 수다. 대원상단주가 어떠한 반응을 보이는 것도 모르고, 어떠한 태도를 취할지도 모른다.

그냥 대원상단의 물품을 전부다 검수하면 되지 않겠는가? 라는 생각 따위는 전혀 없다. 그 많은 물품을 검수할 경우, 정녕 내가 있는 포관의 모든 포졸을 동원한다고 해도, 한 달의 시간이 걸리는 어마어마한 양이다.

"정녕 죽고 싶은 것이더냐."

"그러니 제 이야기 좀 들어 보십시오."

젠장, 이런 머리로 공부했으면 과거 시험을 봤겠다. 우아아아!

이러쿵저러쿵 시간이 없다. 가는 시간은 날 기다려 주지 않지만, 저기 앞에 있는 대원상단주도 기다릴 기색은 어디에도 없었다.

"고작 포두 따위가 도대체 무엇이라고, 중원상단에게 뭐라도 받았는가?"

왜 저렇게 내가 필사적인지는 모를 것이다. 이건 단순히 귀찮음에 문제임에도 목숨 걸고 하는 사람은 나밖에 없을 것이다. 그냥 태평하게 대원상단의 물품을 검수하면 좋겠으나, 저렇게 작심하고 많은 물량을 가지고 오면 어쩌자는 것인가.

"제가 뭐라도 받았으면 이렇게 억울한 심정은 아닐 겁니다. 분명 이 포구의 책임자는 제 소관입니다. 그러나 제 주제를 저는 분명하게 알고 있습니다. 만약 여기에서 두 상단의 문제에 제가 끼어들게 된다면 제 하나밖에 없는 명줄은 누가 지켜 주겠습니까."

이건 분명하게 자신의 뒷배를 보아달라는 표시다. 만약 중원상단이 나중에 나에게 죄를 물으러 온다면, 죄가 없어도 당할 판이었으니 말이다. 또한 이 말은 적절하게 대원상단을 압박하는 수단도 된다. 어차피 자신들 이권 싸움에 끼일 것은 보지 않아도 훤한 것인데, 대원상단 측에서 내 뒤를 봐준다면 내가 어떻게 되던 책임은 너희에게 있는 것이라고 못 박아둘 수 있는 것이다.

"허허, 당돌한 포두로군. 그래도 명색이 장안 근처에 있는 포두라서 그런지 제법 학식이 있어 보이는군. 감히 나 대원상단주 주호군을 보고 태연하게 자신의 뒤를 봐달라고 하다니."

누가 모르겠습니까, 당신을. 철혈의 장산꾼이라고 불리던 장사치를 말입니다. 전쟁터 가운데 태연하게 앉아서 철값을 흥정하던 주호군을 모르면 나가 죽어야지요.

"아이고오, 그러니 제발 이 조그만 포관에 붙어 있을 수 있게라도 해주십시오!"

태연스럽게 바닥과 나는 한 몸이 되었다. 이렇게 살기로 작정했으면 자신의 몸을 더럽히는 것을 두려워하지 말아야 한다. 즉, 수치심 따위는 없어야지. 후훗.

"크크크, 고것 참 재미있는 포두로군. 그래, 네놈 이름이 무엇이더냐."

하긴 내가 저사람 상단을 몇 번 호위하기는 했는데 그때는 얼굴에 면갑을 써서 못 알아보기는 하였지. 한데 내 이름까지 알려나? 뭐, 알고 있어도 동명이인이 많기도 하니 그렇게 우기면 되겠지.

"이원생이라고 하옵니다. 주 대인."

아주 바닥을 기는 나의 행동이 마음에 들었는지, 주호군은 그저 비웃음인지 웃음인지 모를 미소를 짓다가 내 이름을 듣고 미간을 찌푸렸다.

"응? 이원생? 어디선가 들어본 이름인데?"

"아이고오. 흔하디 흔한 이름 그저 대인 귀에 스치듯 지나간 것뿐일 겁니다."

나는 숙일 수 있는 한 최대한 숙였다. 이러다가 바닥과 친구하게 될지도 모를 정도로. 이거 요즘에 너무 바닥에 자주 붙는 거 아닌가 싶은데 말이야.

"하긴 내가 아는 이원생은 절대로 네 녀석 같은 행동을 하지 않으니 말이다. 크흐흘."

으음, 이거 그게 나라고 말할 수도 없고, 이미 물은 이렇게 엎질러 놨으니 그냥 이대로 밀고 나가야지 어떻게 하겠어.

"그럼 내가 너의 뒤를 봐주면 너는 어떻게 하겠느냐?"

"어이구, 그렇게만 해주신다면 못할 짓이 무엇이겠습니까. 제 선에서 해결되는 문제라면 무슨 일이든지 해야지요. 헤헤헤."

요즘에 내가 너무 비굴해지는 성향이 있어. 으음, 예전에는 비굴한 것을 죽기보다 싫어했는데 요즘에는 왠지 비굴한 게 이해가 가기 시작하다니.

"마음에 드는 마음가짐이군. 크흐흘. 나중에 포두에서 잘리더라도 이곳에 상단 분타라도 하나 내어 줄 테니 분타주를 맡겨 주지. 해볼 텐가?"

젠장! 그냥 넘어가는 법이 없군. 그래도 관과 엮이기는 싫어하는 폼이 영락없이 정치인이 다 되었어. 이건 거의 최후의 통첩마냥 제시하는 것이니, 싫어도 받아들일 수밖에 없는 일이지. 하지만 나도 뒤에 단서를 붙여놓기는 했지. 내 선에서 해결되는 일이라는 것을 말이야.

"어이구우, 물론입니다. 제 포두 인생을 걸고 한번 해보도록 하겠습니다."

받아드려야 한다. 일반적인 포두라면 당연히 그래야지. 보통 상단의 분타주면 나오는 월봉이 포두의 몇 곱절 이상이다. 거기다가 대우도 포두보다 더 좋다. 그러나 내가 돈을 벌고 싶었으면 장사를 했지 현령의 말에 넘어가지는 않았을 것이다. 나는 돈을 벌고 싶은 것이 아니라 그저 현재 생활을 유지하면서 친구들과 희희낙락거리면서 술 마시고 놀고 싶은 것일 뿐이다. 그리고 그 일에 적합한 것이 바로 포두라는 직업이고 말이다.

물론 말은 받아 들였지만, 내가 포두에 잘리는 일은 없을 것이다. 일단 앞에서는 받아드리고 이제 나중에 중원상단과 차분하게 대화를 나누어 봐야 하는 것이니. 후우. 그래도 일단은 대원상단주의 발길을 돌리는 것에 만족해야 하겠지만, 감시의 눈초리는 여전할 것이다. 얼음이 다 녹기 전까지는 한낱 포두 말을 믿고 대원상단이 물러나지 않을 것이니 말이다.

"크흐흘, 그럼 믿어 보기로 하지. 이보게, 부단주!"

"예!"

"장하현에 숙소를 잡게나. 그리고 나머지 인원은 여기에 남아서 포두가 법을 지키는 것인지 지켜보도록 하고."

"알겠습니다!"

크윽!

갑자기 엄마 보고 싶네. 후우. 일단은 대원상단주의 발걸음을 돌렸으니 이제 중원상단 문제만 남은 거지. 으아, 저 눈초리 봐라. 눈초리만 보아도 날 잡아 죽일 것 같네. 하지만 당신도 살고 나도 사는 방법이 있으니 말을 해봐야겠지.

나는 발걸음이 떨어지지 않지만, 중원상단의 상단주 대리에게 걸어갔다.

第十章

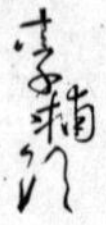

— 이화정.

　중원상단의 상단주. 이환문. 그는 올해로 칠십이 넘어가는 나이였다. 맨주먹과 맨손으로 개척한 자신의 상단이 당당하게 대륙에서 다섯 손가락에 꼽히고, 전쟁에 혁혁한 공까지 세워서 종오품의 벼슬까지 올랐으니 그의 자부심은 대단하였다.

　하나, 그런 그도 나이를 이기지 못하는지 병석에 누어 버렸다. 당시 그의 슬하에는 남자아이 한 명과 여자가 있었는데,

남자아이의 경우 그 나이가 이제 갓 열 살이 되어 상단을 거
느리기에는 충분치 못하였다. 그러나 여자의 나이는 스무 살
에 이르렀고 그녀는 패기와 능력도 있었다. 야망도 있었다.
언젠가 중원상단이 대륙에 제일 먼저 손꼽히는 그날이 올 거
라는 야망 말이다.

　하지만 그녀의 야망과 꿈은 그녀의 작은 아버지로 인하여
산산조각이 났다. 그녀의 작은 아버지는 자신의 동생을 허수
아비로 정면에 내세운 채 그녀를 압박하였고, 그녀는 무언가
수를 내어야 하는 상황에 직면하였다. 이용당하는 동생을 위
해서도, 병석에 누워 있는 아버지를 위해서도 상단에 자신이
어떤 사람인지 입증해야 했다.

　그녀는 생각하였다. 지지부진한 성과를 가지고 단번에 작
은 아버지를 이길 수는 없을 것이다. 도박이 필요하였다. 생
각하지도 못한 승부수가 있어야 하였다.

　그녀는 몇 날 며칠 고민한 끝에 수를 내었고, 그것은 바로
대량의 얼음운송. 그것도 한 여름철에 말이다. 그녀는 전 대
륙에서 얼음을 긁어모으다시피 하였다. 이걸로 인하여 중원
상단의 일 년치 예산을 전부다 할애하였다. 그리고 그 예산을
적극적으로 승인한 것은 바로 그녀의 작은 아버지. 그는 그녀
의 말도 안 되는 승부수를 알고, 그녀를 상단 자체에서 묻어
버릴 기회로 생각을 하였다.

그러나 그녀는 자신감에 차 있었다. 그 어떠한 역경도 이겨 낼 자신이 있었다. 자신이 믿고 목숨까지 맡길 수 있는 사람들이 함께하였으니 더욱더 그러했다.

수도까지 오는데 많은 역경이 있었지만, 모두 이겨냈다. 그리고 이제 그 결실이 맺으려 할 때, 그녀는 어마어마한 산을 만나고 말았다.

'작은 아버지가 그 수까지 끌어들이다니.'

대원상단을 끌어 들인 것은 필히 자신의 작은 아버지일 것이다. 생각보다 일찍 당도하였고, 당황했을 것이라고 생각했다. 그러나 나이는 역시 헛먹는 것이 아니었다. 이건 자연재해 따위의 문제가 아니었다. 절차의 문제였다.

그녀는 당당하고 싶었다. 설령 다른 사람들이 손가락질한다고 해도, 그녀의 상단만큼은 깨끗하고 싶었다. 누가 뭐라고 하더라도 정정당당한 이윤을 남겨서 당당히 중원상단의 정문을 통과하고 싶었다.

한데 이제는 틀렸다.

만약 여기서 자신의 앞에 천연덕스럽게 걸어오는 포두를 무시하고, 겁박한다면 일은 쉬워지겠지만 그녀는 그러고 싶지 않았다. 그녀의 성정이 모질지 못한다는 것이 아니라, 적법한 절차를 거치는 것이 그녀의 이번 일에 있어서는 하나의 과정이 되어야 하기 때문이다. 그 누구도 의문을 제시하지 못

하는 수익. 세상은 아직도 깨끗하게 돈을 벌 수 있다는 것을
깨우쳐 주고 싶었다.

한데 그게 마음처럼 쉽게 되질 않았다.

그저 그녀의 눈가에서 눈물이 흘러나왔다. 그녀의 마음속
에 무언가가 점점 사라져 가는 느낌이 들었다.

그녀의 아버지는 자신이 어렸을 적 항상 하는 이야기가 있
었다.

"장사치는 말이다. 협잡질을 조심해야 한다. 왜 그런 줄 아느
냐?"

"히히. 아버님, 왜요?"

"우리네 같은 큰 규모의 장사치가 협잡질로 돈을 벌면, 우리네
밑에 있는 다른 장사치들은 어떻게 살 것이냐. 서로 함께 사는 것.
이것이 상도인 것이다."

"우와! 그럼 화정이는 커서 꼭 서로 돕는 장사치가 될게요!"

"어이구, 우리 화정이. 씩씩하기도 하구나. 허허."

아버지의 손길이 자신의 뺨을 어루만지며 해주셨던 말이
다. 그 기억이 아직도 어제 일처럼 생생이 기억이 나는데.

분하고도 서러웠다. 결국 여기까지가 한계인가.

그녀는 그냥 선 채로 눈물이 흐를 뿐이었다.

— 이원생.

무슨 이유로 여자가 눈물을 흘리는지에 대해 많은 연구가
필요하다. 남자는 여자의 눈물을 보면 매우 당황하고 구차해
진다. 지금 내 상태가 그러하다. 내가 다가간 게 그렇게 눈물
을 흘릴 만한 일인가? 아니면 내 얼굴을 보는 것이 너무 서러
워서 그런가?

"크, 크흠. 안녕하십니까."

괜스레 헛기침을 몇 번 해주면서 물었다. 굳이 긁어 부스럼
은 만들 필요는 없겠지만, 일단은 중원상단의 사정도 봐주어
야 하는 것이기 때문이다. 어찌 되었든 이 상단의 고충까지
떠맡아야 순차적으로 일처리가 가능하다. 본시 대원상단이
원한 것도 최대한 중원상단의 발목을 잡는 것이니 대충 그러
한 목적에 맞춰주면 될 것이다. 물론 발목을 잡고 나서 생각
해 놓은 보여주기식의 행동도 하고 말이다.

"당신이 알아? 난 이번에 내 목숨을 걸었어."

울음을 꾸역꾸역 삼켜가면서 말하는 중원상단의 이화정의
모습에서 무언가 억하심정은 느꼈지만 일단 대화를 나누면
나아질 것이다. 그리고 웬만하면 우는 것 좀 그만해 주면 좋

겠는데 말이야.

"하하, 일단 소저 말을 좀 해보시는 것이 어떠십니까? 자꾸 우시지만 마시고 말입니다."

"네 이놈! 이제껏 대원상단의 개마냥 온몸을 땅에 붙은 채 아부만 떨던 놈이! 어디에 와서 수작질인 것이냐!"

모팔모라는 험상궂은 인상의 사내가 내 멱살을 쥐어 잡고 위로 올렸다. 당연히 따라갈 수밖에 없는 상황이고, 그럴 수밖에 없는 현실이다. 아까 온갖 비굴하게 애원하다시피 하는 모습을 보았는데 도대체 누가 나를 대원상단 사람이라고 하지 않겠는가 말이다. 물론 이런 것들이 나의 계획된 행동임에는 나밖에 모른다는 것이 슬픈 현실이다.

"켁켁! 자자, 좀 진정 좀 하시고 이야기 좀 들어 보시라니까요."

퍽!

시원하게 나의 면상에 주먹을 찍는 모팔모 되시겠다.

"모 부단주! 이러시면 안 됩니다!"

왜 때리고 나서 말리냐? 솔직히 당신도 나 때리려고 했었지, 아니, 뺨이라도 한 대 후려치려고 했을 거야. 젠장! 그래도 맞을 때 고개를 틀어서 그런지 볼만 다치고 이는 무사하군.

"아닙니다! 오늘 이 모팔모! 여기 이 간악한 포두를 때려죽이고 중원상단의 길을 트겠습니다!"

　나를 죽여도 저 앞에 있는 대원상단이 그걸 빌미로 중원상단을 압박하면 어쩌려고 그러냐? 사람이 분노에 차게 되면 이성을 잃고 머리가 안 돌아가는데 딱 그 꼴이다.

　일단은 둘 다 진정을 시키고 어디 조용한 곳에 가서 이야기를 나누어야 하는데 마침 때렸으니 이걸 빌미로 잡으면 되겠군.

　"크윽! 대, 대원상단 여러분! 저 좀 도와주십시오! 정직한 관인이 겁박을 당하는데 보고 계실 것입니까."

　일단 이래야지 말이 된다. 이렇게 해야지 대원상단도 만족할 테고. 나의 외침에 대원상단의 남태중은 고개를 끄덕 거리더니 나의 말에 장단을 맞춰 주었다.

　"당연히 안 될 말이지요! 여봐라! 당장 저 포두님을 도와주거라!"

　여기서 내가 적절하게 말을 해주지 않는다면 대원상단과 중원상단의 싸움이 벌어지는 것은 당연하다.

　나는 일부러 소리를 크게 냈다.

　"지금! 여기서 벌어지는 상황은 중원상단의 상단주 대리와 모팔모가 현재 장하간 포구의 포두인 저를 겁박하여 벌어지는 일입니다! 만약 여기서 중원상단이 대원상단을 공격할 시! 저는 포관의 담당자이자! 포구의 포두로서! 현청에 군사를 요청하겠습니다!"

어림도 없는 소리다. 내가 무슨 고관대작이라고 현청에 군사를 요청하겠는가. 아무리 중대한 문제가 있을지라도 기본이 삼 일은 걸릴 것이다. 군사를 모으고 상황을 파악하고 작전을 짜는데 걸리는 시간이 말이다. 이것도 솔직히 훌륭한 현령이 있을 때만 가능한 소리다. 직접적인 현에 대해서 공격이 가해지지 않을 시. 포두 따위의 군사적 요청은 길거리에 굴러다니는 종이보다 못하는 게 현실이지.

그러나 나의 이 말이 먹히는 이유는 정말 단순한 이유다. 지금 중재할 사람은 나밖에 없다는 인식이 사람들 사이에 뿌리 깊이 박혀 있는 것이니만큼 지금 내 행동과 말이 먹히는 것이다.

"네 이놈! 엄연히 국법이 지엄한데! 간악한 포두 따위의 말에 휘둘린단 말인가! 중원상단의 모든 이는 상단주를 지켜라!"

"그만! 그만하세요! 모 부단주와 저는 순순히 압송이 되겠으니 더 이상 사람들을 끌어들이지 말죠."

역시나 마음씨 착한 사람이다. 하긴 여기서 싸움이 붙어도 중원상단에 이익이 되는 것은 티끌만큼도 없는 것이다. 얼음을 포기하고 다른 물건들을 살리려면 이 방법이 가장 좋은 것일 것이다.

"아가씨!"

"여기서 만약 대원상단과 마찰이 커지게 되면 다른 물건들
도 손을 못 쓰게 됩니다. 후우, 어쩔 수 없는 선택입니다."

"크으윽! 하지만!"

"부디 제 말대로 따라주세요. 모팔모님."

체념과 포기는 이르지만 지금 이 자리에서 그 모든 것을 설
명하기에는 주위에 눈도 많고 사람도 많다. 나는 굳이 대원상
단의 인원들 까지는 필요가 없어 보여서 나에게로 다가오는
대원상단의 사람들을 손을 들어 제지하고는 모팔모와 이화정
에게 다가갔다.

"굳이 포박은 하지 않겠습니다. 포관으로 가시지요."

"후우, 알겠습니다."

"크윽!"

"중원상단과 대원상단의 다른 이들은 전부 대기하고 있으
십시오! 내 이 사람들을 처리하는 즉시 일을 봐드리겠으니."

중천에 떠 있는 해는 여전히 그 햇살을 강하게 내려쬐는 하
루였다.

두 사람을 앞세워서 포관으로 들어가는 도중에 연신 눈물
을 흘리고 있는 이화정이 안쓰러워 품 안에 있는 손바닥만 한
천을 내어 주었다.

"후우우. 감사합니다."

연신 눈물을 쏟아 내지 않기 위해서 눈물을 삼켜가는 모습이 마음을 찡하게 울렸다. 그리고 그와는 반대로 옆에 있는 모팔모는 눈으로 나를 죽이려고 쳐다보고 있었고 말이다. 후우, 저런 눈초리쯤은 가볍게 넘길 줄 알아야 그래도 포두지. 나는 이윽고 말문을 열었다.

"죄송하오. 어차피 대원상단 때문에 어찌 되었든지 여기서 하루는 보내야 할 터. 내게 얼음을 녹지 않고 보관할 수 있는 방법이 있소이다."

"뭐, 뭐라구요!"

그녀의 눈이 커졌다.

"흠! 자네 정말인가!"

모팔모도 눈도 커졌다.

나는 자신 있게 답했다.

"물론입니다."

나는 느긋하게 말했다.

"한데 조건이 있습니다."

이미 주도권을 내준 그녀는 황급히 말했다.

"말해보세요! 만약 당신 말이 사실이 아니라면!"

"거참, 저도 목숨은 하나입니다."

나는 목을 쓰다듬으면서 그녀의 말에 대꾸하였다. 그녀는 나를 뚫어지게 쳐다보고는 크게 한숨을 쉬었다.

“그럼 말하세요.”

“일단 조건이라는 것은 간단하면서도 어려울 수도 있는 것입니다. 이건 순전히 내 명줄이 달린 일이라 그렇소이다.”

일단 내가 말하는 조건은 이렇다. 사실 얼음을 보관할 수 있는 장소가 있다. 어디냐고? 바로 포관 지하다. 지하라 서늘하고 예전에 굴이 있었던 장소인지라 매우 큰 공간이 있기도 해서다. 하나 이게 끝이 아니다. 얼음을 오래 보관할 수 있는 이유가 더 있다. 그것은 바로 지하에 흐르는 물이었다. 이 물은 지하 깊은 곳에서 오기에 차가움을 유지시켜 주는 자연의 선물이다. 이런 곳이 있다는 것을 나는 포관에 감사한다. 만약 아니었으면 이런 계획을 세우지도 못하였을 테지.

어쨌든 여기에 보관하면 하루 정도는 거뜬히 버틸 수 있다. 그런데 문제는 처리다. 보통 사람의 상식으로는 이 뜨거운 햇볕에 아무리 보관이 잘 되어 있다고는 하나, 그래도 얼음이었다. 즉, 녹는다는 것이다. 만약 녹지 않았으면 무슨 수작을 부렸을 테고, 조금만 알아보면 내가 관련되어 있다는 것이 들통난다. 그럼 그 무시무시한 중원상단이 가만히 있을 리가 만무하다. 그럼 매우 골치가 아파진다. 그게 나는 싫었다.

그래서 중원상단의 모든 사람은 얼음이 녹았다는 가정아래, 내일의 모든 일을 처리해야 할 것이다. 물론 얼음은 비밀리에 넘긴다는 사실이 깔려 있겠지만. 사실 이 더운 날에 얼음은 저렇게 대량으로 살 곳이 황실밖에 더 있겠는가? 황실에 일하는 사람에게 돈 좀 쥐어주고, 다른 사람에게 얼음을 산 걸로 처리한다면 이 계획은 완벽해진다. 정확히는 나는 상관 없는 것이 되기에 중원상단과 다시 얽힐 일도 없다.

포관에 도착한 직후에 서둘러 말을 이었다. 어차피 보호해야 할 것이 얼음이라면 시간이 흐를수록 독이었으니 당연할 수밖에.

나의 말에 이화정과 모팔모는 의아한 얼굴로 나를 쳐다보았지만 그럴 시간도 아까웠다. 아까의 느긋한 나의 모습과는 다르게 나는 팽이현을 불렀다.

"팽 포졸!"

"어엇? 무슨 일이십니까? 뒤에 두 분은 누구시고?"

"당장 장씨 형제와 정 포졸을 포구 앞으로 불러 와. 웬만하면 남들 눈에 띄지 않게 말이야."

"갑자기 그게 무슨 뚱딴지같은 소리입니까?"

"바쁘니까 잔말 말고 불러와! 아, 그리고 가기 전에 화재 대비용 살포(撒布)기는 어디에다가 두었냐?"

"그건 창고에 있습니다만."

"그거 인원수대로 챙겨서 물 받아오는 거 잊지 말고 어여 가 봐!"

워낙 불에 잘 타는 종류로 만들어진 집들과 간이 움막들이 많다 보니 포관에 하나씩 배치되어 있는 화재 대비용 살포통이 있다. 짊어지기 쉽게 만들어 놓은 곳에다가 물도 꽤나 많은 양을 집어넣을 수 있어서 포관의 필수품이다.

팽이현은 나의 말에 일단은 따르고 보자는 생각으로 급하게 창고로 가서 자신의 상반신만 한 네모난 통들을 들고 뛰어나갔다. 그와 동시에 나는 모팔모와 이화정에게 말하고는 포관을 나섰다.

"일단은 여기서 기다리고 계시오. 내 속히 다녀와서 사정을 설명해 드리겠소이다."

한시가 급하다.

계획은 이렇다. 어차피 대원상단이 원하는 것은 얼음이 녹기를 기다릴 만큼의 시간을 버는 것이니 그 얼음이 녹는 과정을 보여주면 되는 것이다. 물론 대원상단의 사람들도 노골적으로 그 모습을 볼 수 없으니 마차에서 떨어지는 물의 양으로 대충 판가름할 것이다. 그리고 주위를 다른 쪽으로 돌릴 후에, 얼음이 든 마차를 바꿔치기를 하여 다른 마차에서 물을 흘리는 것이다. 이런 얕은 수에 속을까 생각은 했지만 일단 해보지 않으면 안 되지.

대원상단이 보일 쯤 나는 서서히 걸어가는 모습을 보여주었다. 마치 준비된 일처리를 다 했다는 것처럼. 만면에 득의양양한 모습도 보여주고 말이다.

"가셨던 일은 잘 처리가 되었나 보구려."

남태중은 내 얼굴을 보고 흐뭇한 마음에 말을 걸었다. 물로 나는 연신 조아리면서 원하는 답변을 해주었다.

"헤헤, 대원상단이 도와준 덕분입니다."

"하하. 역시 상단주께서 마음에 들어 하는 포두로군. 그래, 이제부터는 어떻게 할 셈인가?"

"뭐, 어떻게 하기는요. 천천히 대원상단의 물품을 검수하는 것이지요. 헤헤."

"허허, 이 사람 너무 무리하지는 말고 천천히 하게나. 어차피 상단주께서는 하.룻.밤.을 지내실 요량으로 숙소까지 잡으셨다네."

굳이 강조 하지 되지 않아도 아까 들어서 알고 있다. 뭐 그건 그렇고 일단은 이들의 눈에 띄지 않게 장씨 형제와 정 포졸, 팽 포졸을 얼음이 있는 마차에 집어넣고 물을 뿌려 대야 할 것이다. 한 명씩 천천히 말이다. 감시가 만만치 않으니 주위를 다른 데로 분산시키는 게 중요하다.

"헤헤, 아이구. 알았습니다. 한데 제 목이 날씨 때문인지 몰라도 텁텁하데. 커험."

일부러 헛기침까지 섞어주면서 능청스럽게 말하자, 남태중은 슬그머니 미소를 머금고는 내 어깨를 툭툭 치면서 나를 보았다.

“하하, 이 사람! 그걸 말이라고 하나! 하하! 원래 이런 일은 한잔 걸치고 시작하는 것이 좋은 것일세! 하하하!”

네가 포두 일에 대해서 얼마나 알아서 그렇게 호탕하게 웃어 보이는지 모르겠지만. 후우, 일단은 시선을 분산시키는 데는 나도 같이 부어라 마셔주는 것이 좋다. 어차피 내가 먼저 말을 꺼냈기도 하였고 말이다.

“자자, 그럼 저 쪽에 초라하지만 서도 탁주를 마시기에는 딱 좋은 데가 있습니다. 강의 경치가 구경하면서 마시도록 하시죠. 헤헤.”

이 모습을 보는 중원상단의 사람들은 미쳐 버릴 것이다. 나중에 칼 맞아 죽기 딱 좋은 상황이 펼쳐지는데, 후우— 내가 이렇게 살려고 포두를 했던가.

포구에서 얼마 떨어져 있지는 않지만 중원상단의 마차에서 물이 떨어지는 것을 지켜보기 좋은 자리로 일부러 권했다. 남태중은 그런 나의 의중을 아는지 모르는지 일단은 중원상단을 지켜보기 좋은 위치이니 굳이 마다하지는 않았다.

“이거 날씨도 더운데 다른 분들은 괜찮을지 모르겠습니다. 어차피 하루 머무실 거면 다들 시원하게 한잔하시는 것도 좋을 법한데. 헤헤.”

“하하, 그런가? 어차피 이렇게 된 거 다들 한 잔씩 마시는 것도 좋겠지. 어차피 자네가 검수를 하지 않으면 발이 묶인 신세니 말이야. 하하.”

원래는 제 검수가 중요한 게 아니라, 대원상단이 앞길을 터주는 게 더 중요한 문제인 걸요.

“헤헤, 그렇습니다.”

“여기 주인장! 저 밖에 있는 대원상단 표식이 있는 사람들에게 시원한 술 탁주 한 동이 가져다주시구려! 그리고 안주도 부탁하오!”

“역시 대원상단이십니다. 어쩜 그리고 시원시원하게 말씀을 하시는지. 헤헤.”

“하하, 뭐 이런 것을 가지고. 자자, 한잔 받게나. 하하.”

그래 마시자, 마셔. 오늘도 술이구나~ 에헤라디야 즐겁구나~ 하하하하. 젠장할!

연거푸서 몇 번을 마시고 나서 잠시 화장실을 갖다온다는 핑계로 주막 뒤로 향했다. 아까 포구로 오라는 말만 하고 자세한 위치를 알려주지 않았는데, 주막 뒤에 삼삼오오 모여 있는 장씨 형제와 정 포졸, 그리고 팽 포졸이 보였다.

“어?”

감탄사와 놀람이 동시에 나왔다.

“척하면 척. 이거 매고 오느라 얼마나 힘든 줄 아십니까?”

팽이현의 한마디에 괜히 뿌듯한 마음이 들었지만, 굳이 그것을 보여주고 싶지는 않았다. 왠지 그러면 저놈이 의기양양한 모습을 보일 텐데 내가 그 꼴을 보고 싶지도 않았다.

"척하고 딱이면 중원상단 마차에 들어가 있어야지. 여기는 웬일이야?"

"엥? 중원상단 마차에 들어가 있어야 합니까?"

"넌 그럼 무슨 뜻으로 그런 말을 한 거냐?"

"물 떠오라고 하시기에 상단 사람들 더위나 해결하려고 그런 거 아닙니까?"

미안. 내가 너를 너무 과대평가 했구나. 뭐라 할 말이 없다.

"시끄럽고. 일단 같이 가자."

나는 포졸들을 대리고 대원상단이 보이지 않는 곳으로 발걸음을 옮겼다. 역시나 자포자기한 모습으로 처연하게 있는 중원상단의 사람들이 보였다. 나는 굳이 그들의 심경을 건들이고 싶은 마음은 쥐뿔도 없었다.

"여기에서 부단주 다음으로 높은 직위가 누구요?"

불쑥 나타난 나의 물음에 순순히 대꾸할 사람은 없었다. 더군다나 나에게 감정이 많이 상해 있는 사람들이니 좋은 말이 나오는 것은 바랄 것도 아니었다.

"왜 그 사람도 추포하려고 하는 거요?"

띠꺼운 말투에 나는 고개를 절래절래 저어 보이고는 말을 이었다.

"당연히 아니외다. 단지 이 난국을 타개해 보고 싶은 마음에 그런 것이오. 내 지금부터 말하겠소. 이번 일은 당신들의 단주와 부단주는 모르는 상황이오. 당신들의 운반하는 최대의 상품은 얼음인 것을 알고 있소. 마차에서 뚝뚝 떨어지는 물의 양만 보아도 아는 상황이지요.”

“큭! 그래서 어쩌자는 것이오. 여기서 얼음을 바닥에 다 눕혀 놓고 녹이기라도 하겠다는 말이오!”

악에 바쳐서 말하는 것을 보니 아직은 포기하는 사람이 태반은 아닌 것 같기도 하고. 자자, 말을 이어 보자.

“저는 대원상단에게 단 한 번도 얼음을 녹이라고 직접적으로 말을 건네받은 적이 없소이다. 그 말인즉슨, 어찌 되었든 얼음을 내일 아침까지만 보존시키면 대원상단도 납득하고 자기 길을 갈 것이오. 물론 그 중간에 마차 안에서 물을 쏟아 내어 그들의 안심을 시켜줘야 하는 눈속임도 있소이다.”

솔직히 이 말을 이 사람들 전부에게 말하는 것은 거의 내 목을 스스로 옭아매는 것과 다름이 없다. 이중에서 누군가가 배신이라도 하게 되어 대원상단에 붙게 된다면 내가 하는 일은 도로 아미타불이 될 것이고, 그와 더불어 내 평온도 안녕인 것이다. 물론 내 정체를 밝힌다면 얌전히 돌아가겠지만. 후우, 정말 그 짓은 별로 하고 싶은 짓이 아니다.

“하지만 그렇다고 해도 얼음이 온전하게 남아 있으리란 보장은!”

"그것은 내가 생각해낼 문제이니 걱정 마시오. 일단은 다른 마차에 물을 뿌리고, 지금 다들 술판이 벌어졌을 때 얼음을 다른 마차로 옮기는 것이 중요하오. 그리고 그 마차를 포관까지 운송하면 그 다음은 이 팽 포졸이 알려 줄 것이오."

물론 이 말을 모팔모와 이화정에게 하는 것이 중요하지만, 시간이 없으니 길게 설명할 수가 없었다. 일단 옮겨 놓고 나중에 설명하는 게 좋다.

"그래! 우리는 자신의 목숨보다 중히 여기는 부단주와 상단주를 실망시킬 수 없소."

"좋아. 일단 해보는 거야!"

흐흠, 여기는 이렇게 일단락을 짓고.

"팽 포졸은 내가 시키는 대로 그 얼음을 전부 포관 지하에 보관하도록. 그리고 대원상단이 떠난 시점을 봐서 옮기도록 하자구. 알겠나?"

"그럼 다른 포졸들은?"

"일단 하던 일 하고 다시 돌려보내."

"아, 예. 알겠습니다."

팽 포졸에게 언질을 하고, 남태중이 있던 자리로 서둘러 돌아왔다. 어차피 마차는 가만히 두고 안에 내용물만 옮기는 것이라 적당히 눈치껏 시야만 방해하면 되는 일이었다.

그렇게 남태중과 나는 저녁까지 술을 퍼마시고, 대원상단과 남태중 자신의 자식 자랑까지 들어준 후에야 끝이 났다.
물론 중원상단의 얼음이 실려 있는 마차 밑에는 누가 보아도
홍건한 물이 쏟아 있었던 것은 여실하였고 말이다.

第十一章

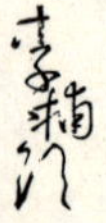

— 장하현의 한 객잔의 처소.

"그래, 일은 잘 처리되었나?"

넓쩍한 탁자를 놓고 느긋하게 차를 음미하고 있는 주호군은 자신의 앞에 아까까지만 해도 이원생과 부어라 마셔라 했던 남태중을 비스듬히 쳐다보고 물었다.

"하명하신 대로 오늘 밤을 넘기면 얼음은 모조리 녹을 것 같습니다. 마차 아래 흘러내린 물의 양만 보아도 족히 작은 냇가를 이룰 정도입니다."

취기가 오를 때로 오른 모습으로 이원생과 헤어졌지만 지금 보이는 모습은 절도가 있는 모습이었다. 이것으로만 보아도 남태중의 수련이 얼마나 깊은지 알 수가 있는 단면이었다.

탁.

찻잔을 조용히 내려놓은 주호군은 탁자에 자신의 손가락을 툭툭 내려치면서 중원상단의 그를 생각해 내었다.

"중원상단이 내 것이 되면, 이남 지방의 양곡 수매권을 삼 년간 넘겨주리다."

이제껏 얼마나 눈독을 들이던 이남 지방의 수매권이던가. 지금은 병석에 누운 중원상단주의 기반이 바로 그곳에서 나왔으니 그 이익은 어마어마할 것이다.

주호군 자신도 온전히 다 넘겨받을 것이라고는 생각은 안 하였다. 그래도 삼 년이면 자신의 계획을 앞당길 자금을 모을 수 있다.

잘 만하면 이남 지방에 끈을 댈 수도 있는 노릇이었다. 하지만 그렇게 되기 위해서는 중원상단이 바로 그의 손에 넘어가야 되는 법.

"며칠 후에 계집에 하나가 장하현으로 얼음을 운반하게 될 것이오. 그 얼음을 충원하기 위해서 중원상단의 일 년치 예산을 가져다 썼으니. 후후, 뒷말은 말을 하지 않아도 알아들으실 것이라 여깁니다."

주호군 자신이 바보가 아닌 이상 충분히 알아들었다. 그러나 어찌 보면 이런 일에 자신이 직접 움직이는 것도 우습지만, 만약 이남 지방의 이권이 넘어오기만 한다면.

"크흐흐흐."

생각만 해도 웃음이 절로 나는 상황이었다. 이제 오십이 넘어가는 나이이다. 이룰 것은 다 이루고 살았지만 이제껏 이루지 못한 것이 있으니, 그것은 오로지 주호군만이 알 것이다.

"그럼 아침에 움직이는 것으로 일정을 조정하겠습니다."

"흐흠. 뭐, 그래도 되겠지. 그건 그렇고 조사해 보란 것에 대해서는 해보았는가?"

주호군은 아까 포두의 이름이 워낙 귀에 걸려서다.

이원생. 그 얼마나 파급력이 큰 이름인가. 만약 정말로 그가 이원생 본인이라면 지금껏 자신이 짰던 판을 갈아엎어야 할 만큼 치를 떠는 사람이었다.

"동명이인일 뿐일 겁니다. 그리 신경 쓰지 않아도 되겠습니다. 정말로 그가 상좌장 이원생이면 제가 분명 알아보았을 것입니다. 그 강대한 기운은 옆에 있는 자로서는 견디기 힘든 것이니 말입니다."

"흐흠, 그렇군. 요즘에 나도 나이가 먹었긴 먹었나 보군. 이런 기우에도 반응을 하는가 보니. 허허허."

"이런 때일수록 돌다리도 두들겨 보라는 소리가 있지 않습니까. 그렇지만 아무쪼록 그 포두에 대한 것은 신경 쓰지 않으셔도 될 것 같습니다."

"뭐, 부단주가 그렇게 말을 하니 믿을 수밖에. 아, 그리고 장안에 도착하자마자 갈마추 장로가 보자고 하더군."

"드디어…… 그런데 명교의 사대장로 중 한 사람이 움직였습니까?"

"사람하고는. 그렇게 중히 여길 일이 아닌가 싶네. 겨우 갈마추 정도로 황궁에 무슨 해를 가하겠는가."

주호군은 그래도 적잖이 놀라웠다. 명교가 움직인다는 소리를 들었을 때만 해도 단주급이 움직였을 것이라는 생각이 농후하였는데, 장로급 인사가 황궁에 들어가다니. 표면적으로 볼 때는 명교와 황실이 화해로 보일 수 있겠지만, 서로의 이익이 꼬이는 요즘에는 속사정을 들여다보면 그럴 수가 없었다.

몇 년 전까지만 해도 서로 끝장을 보자던 사이가 아니었던가, 그러한 인물들이 지금에 와서 화해를 운운하다니. 웃길 노릇이다.

“별일이 없기를 바라야지. 흐흠.”

주호군은 어쩌면 자신이 명교를 이용하는 게 아닌, 명교가 자신을 이용하는 것일 수도 있다는 생각을 지울 수가 없었다.

그렇게 장하현의 밤은 깊어만 가고 있었다.

— 이원생.

간밤에 너무 퍼마셨는지 몰라도 오늘도 숙취는 여전하였다. 대원상단의 모습이 궁금하기는 하였지만, 타오르는 속에 걸음이 빨라질 수는 없었다. 일단은 포관에 먼저 들려서 모팔모와 이화정의 일부터 처리하려고 하였다.

포관에 도착하자 팽이현이 소금바가지를 들고 나오는 모습이 보였다.

“어? 그건 뭐냐?”

“후우, 요즘에 액땜이 끼었는지, 이런 일이 자주 발생을 하지 말입니다. 그래서 소금 좀 뿌리려고 말입니다.”

녀석. 내 마음도 같은데. 오랜만에 마음에 맞는 짓을 하는군.

“알았다. 나도 같이 뿌리자. 원래 뿌릴 때는 경건한 마음으로 뿌려야 하는 거다.”

"말이라구요."

나는 소금을 한 주먹을 잡고 흩뿌리고 있었지만, 팽이현은 굳이 나를 보라고 하는 듯이 바닥에 소금을 내팽겨 치듯이 팍 팍 뿌려 버리는 것이 아닌가. 거기다가 그 모습이 남달랐는 지, 안에서 모팔모와 이화정이 우리를 쳐다보는 것이 느껴졌다.

젠장, 모르게 뿌렸다고 뿌렸는데.

"어라? 왜 쳐다보지? 설마 소금 뿌리는 걸 알았나? 이런 젠 장. 야, 팽 포졸. 살살 좀 뿌려라. 저기서 힐끔 힐끔 쳐다본 다."

들켰나? 에이 씨. 이런 난감한 상황일 때는 그냥 웃어주는 게 제일이지.

"이렇게 살살 뿌리면 있던 액운만 키웁니다. 이럴 때는 사 정없이 뿌려 버리는 게 상책입니다."

팽이현은 나의 말에도 아랑곳하지 않고, 사정없이 소금을 포관 현관에 뿌려대기 시작하였다. 이놈도 어제 그 일로 인해 서 쌓였던 게 많았나? 하긴 요새 이상한 일들이 하나둘씩 터 지니 대신 보고서 작성하느라 야근 몇 번 했나 보다.

그래도 내 앞에서 나 보라고 저렇게 사정없이 소금을 땅바 닥에 패대기치듯이 뿌리는 게 왠지 기분 나빴다. 꼭 저 소금 이 나인 것처럼 던져대는 것 같이 보이는데.

하나 그냥 그러려니 하고 넘어가는 아량을 보였다.

"소금 그만 뿌리고 포구에 좀 다녀와 봐. 가서 대원상단 잘 떠났나 보고. 나머지 상단도 네가 검수 처리 간단하게 하고 오고."

"에이, 그래도 그렇지 어찌 포두님이 하시는 일을 제가 대신하겠습니까."

소금 뿌리다 말고 기분 나쁜 표정을 여실하게 드러내면서 나를 물끄러미 쳐다보는 팽이현에게 따끔하게 한마디 했다.

"요새 좀 쉬었지?"

"하하, 뭐."

"야근 안 하니까 좀 편하지?"

"뭐, 그렇죠. 헤헤헤헤."

"그럼 오늘부터 계속 야근해 볼래?"

"재빨리 처리하고 오겠습니다."

저놈이 간덩이가 부었나 보다. 요새 자신의 위치를 까먹고 자꾸 나에게 깐죽대는데, 야근이 자신이 되고 자신이 곧 야근이 되는 야근일체를 당해 봐야지 정신을 차리려나.

아무튼 그렇게 팽이현에게 간소하게 할 일을 정해주고, 중원상단이 있는 포관의 뒷문으로 향했다. 거기에는 벌써 마차에 씌웠던 두꺼운 천을 한쪽만 열어놓고 큼지막한 얼음을 연신 내리고 있는 일꾼이 보였다.

　빠른 일처리가 감탄스러웠지만 그것보다도 저쪽에서 연신 일꾼들에게 뭔가를 주문하고 있는 그녀의 옆으로 다가갔다.

　"최대한 손실 없이 옮기도록 하세요. 그리고 온도 유지를 위해서 빙궁에서 가져온…… 아, 오셨어요?"

　무언가를 지시하다 말고 내 기척을 느끼고 나에게 인사했다. 하나 그 인사하는 모습은 처음과는 매우 다른 모습이었다. 뭐, 다행히 울지도 않고 멱살도 안 잡은 것을 보니 일처리는 잘 되어가나 듯했다.

　내가 물었다.

　"불편한 점은 없으십니까? 도와드릴 일이라도?"

　없어라, 없어라. 제발 없어라. 그냥 예의상 한 말이다. 넘겨라. 넘겨라.

　"아닙니다. 이미 충분한 도움을 주었는데, 보답은 제가 해야지요."

　후우, 다행이군. 어차피 시켰어도 다른 일 핑계 대고 안 했을 텐데 말이지. 흐흐흐흐.

　하나 그녀는 이런 내 속마음까지는 알지 못할 것이다.

　"도움이랄 것까지야. 어차피 놀고 있는 장소를 빌려 드리는 것뿐인데요."

　나의 말에 무언가 흐뭇한 미소를 지어 보였다. 그 상태에서 그녀는 담담하고 차분한 목소리로 말하였다.

"이 은혜는 어찌 갚아야 할지……."

내일 아침 일찍 떠나주세요. 은혜는 무슨. 당신들이 없는 게 은혜 갚는 일이요. 덧붙이자면 나중에 이쪽으로 상단을 보내지 않으면 은혜 갚는 것이오. 이렇게 말하고 싶지만, 꾹 참았다.

"은혜라니요. 당치도 않습니다. 단지 제 소임을 다 하는 것일 뿐이지요."

곰곰이 생각해 보니 난 왜 항상 생각과 말을 일치시킬 수 없는 것인지. 흐흑.

"하아, 그럼 일단은 이 일부터 다 처리하고 뵙겠습니다."

"아, 이런 바쁜데 미안합니다. 그럼 저도 다시 본연의 일로 돌아가겠습니다."

본연의 일이랄 것까지는 없고, 이렇게 시간 좀 죽이다가 때 되면 퇴근해야지. 후훗.

나는 뒤돌아 포관 정문으로 발걸음을 옮겼다.

"아! 가시는데 죄송하지만, 오늘 저녁에 시간 되십니까? 부족하지만 저희 상단에서 모시겠습니다."

"하이고, 정말 되었습니다."

다시 뒤를 돌아서 손사래 치면서 말하는 나를 동정심 어린 눈으로 쳐다보며 다시 그녀는 말을 이었다.

"아닙니다. 이렇게 보내면 도리가 아닙니다. 꼭 오늘 저녁을 대접하고 싶습니다."

저녁 한 끼 얻어먹는다고 누가 죽는 건 아니다. 그저 귀찮을 뿐이기는 한데 문제는 더 이상 거절하다가는 말이 길어질 것 같다는 점이다.

"그럼 포관 옆에 있는 국밥집에서 먹도록 하죠. 상단의 물건 주변에서 별로 떨어져 있지도 않고, 저희도 부담이 없으니 말입니다."

역시 나는 똑똑하다. 절묘하게 중간을 찾았다.

"정말 뭐라고 말씀을 드려야 할지. 그렇게 저희를 생각해 주시다니."

그녀는 고개를 숙였다.

그렇게 감동할 필요는 없소. 다 내가 귀찮아서 그런 것이오! 하하하하. 나도 미쳐가나 보다. 더위 먹었나?

"자자, 일단 눈앞에 있는 일이나 끝냅시다. 그럼 수고하시오."

또 뭔가 말을 던질까 봐 나는 서둘러 포관 밖으로 나갔다.

밖에 나가자 팽이현이 기다렸다는 듯이 나에게 달려왔다.

"포두님! 헉헉헉!"

팽이현은 무언가 다급한 일이 있어서 달려와 내 앞에서 숨 거세게 몰아쉬었다.

어라? 무슨 일이 또 생긴 건가? 아 귀찮게 오늘 왜 이래!

"팽 포졸 무슨 일인가!"

"대원상단이!"

"……!"

이런 젠장! 설마 대원상단이 눈치챈 건가? 역시 천하 오대 상단 중 하나다. 이렇게 쉽게 넘어갈 리 없다.

"대원상단이! 그냥 갔습니다."

대원상단이 눈치 챘다면 어서, 이 사실……음? 뭐라고?

"엥!"

"대원상단은 갈 길 갔다구요. 왜 말을 못 알아 드십니까?"

순간 팽이현의 면상을 시원하게 걷어차고 싶었지만, 나의 이성은 다행히 그렇게 호락호락하지 않았다.

나는 한숨을 쉬고 팽이현을 쳐다보면서 흐뭇하게 말했다.

"하아— 그래. 난 또 뭐라고. 팽 포졸."

"아, 말씀하십시오."

"당첨."

"뭐가요?"

"오늘 야근."

"허걱! 안 됩니다. 오늘로 야근하면 벌써 삼 일째입니다! 절 죽이실 셈이십니까!"

"응."

"……."

내 단호한 대답에 팽이현의 할 말을 잃었는지 멍한 표정을 지었다.

나는 방금 심장이 멈춘 줄 알았어. 감히 상관을 물 먹인 죄다.

"싫어?"

"……네."

"좋아, 그럼 감봉."

"가, 감봉! 하하하. 포두님 제가 농담 조금 한 것 가지고 왜 이러십니까. 하하하."

"그 농담이 내 오장육부를 오그라들게 하였다. 이놈아!"

"차라리 때리십시오! 야근은 절대 못 합니다! 감봉은 더더욱 안 되고요!"

"오냐, 말 잘했습니다! 이리와!"

두 주먹 불끈 쥐고 도망가는 팽이현의 뒤를 쫓았다. 그래도 군문에 있었던 놈이라서 그런지 기본 체력은 되어서 꽤 빨랐다.

그러나 군문의 짬밥은 무시하지 못하는 법. 나는 허리춤에 있는 포승줄을 냅다 그 녀석 뒤통수에 던져 버렸다.

"아악! 이게 무슨!"

철퍼덕!

쿵.

그 녀석은 내가 던진 포승줄에 목이 감기어, 중심을 잃고 뒤로 발라당 자빠져 버렸다. 그리고 나는 상큼하게 웃으면서 그의 배를 밟아 주었다.

"튀면 어디로 튀어! 가봐야 네가 이 현을 벗어날 수 있을 것이라 생각했어?"

"하하하, 포두님 일단 이성을 되찾으시고."

"괜찮아. 일단 이성은 나중에 찾자! 그리고 좀 맞자!"

"아악!"

그렇게 이리저리 몇 번을 밟고 나서 숨을 몰아쉬었다. 그리고 팽이현의 목에 감긴 줄을 풀어서 내 뒤춤에 다시 채운 뒤에 손을 탁탁 털면서 다시금 포관으로 걸어갔다.

걸어가던 도중에 뒤에서 자신의 몸을 턱턱 몇 번 털던 팽이현이 내 뒤로 졸졸 쫓아오는 것이 보였다.

"그럼 이걸로 야근은 퉁 친 겁니다."

쿡쿡쿡, 녀석. 어지간히 야근하기 싫었나 보다.

"알았다. 알았어. 그런데 포구에는 별 이상 없었나? 그리고 보니 오늘 정 포졸은 왜 안 보여?"

"포구에는 장씨 형제가 의외로 잘하고 있었고 정육 그 친구는 내일까지 몸이 아파서 나오지 못한답니다."

하긴 어제 몸 아프다고 조퇴한 사람이 빨리 돌아올 이유가 없다. 그런데 장씨 형제가 의외로 잘하고 있다는 소리는 또 뭐야?

"근데 장씨 형제가 뭘 잘 잘했다고?"

"아아, 원체 사람이 다혈질이라서……."

"그런데?"

"예전에는 그 성질을 못 이겨서 몇 번 충돌이 있고 좀 그랬습니다. 그 때문에 예전 포두의 눈 밖에 나서 계속 정직 상태였습니다. 그래도 포두님이 오신 후에는 많이 사람다워졌습니다."

포졸을 뽑는 기준이 무언지 궁금해지는 순간이지만, 이미 나도 적응이 되어서 문제 삼기에는 귀찮았다.

그저 팽이현의 말에 고개만 끄덕거린 후에 천천히 걸어서 포관으로 도착하였다. 포관 정문에 들어서자, 모팔모와 그녀가 일을 어느새 끝내고 얌전히 대화를 나누고 있는 모습이 보였다.

"어이구, 일은 잘 끝내셨습니까?"

넉살 좋은 나의 말에 모팔모는 싫지는 않은 듯이. 나에게 시선을 옮겨서 답해 주었다.

"내 아까 일은 사죄드리오. 허허허, 본시 내 성격이 이러지는 않은데, 사안이 사안인지라 흥분을 하였소이다. 이제 정식으로 인사를 합니다. 나는 모팔모라 합니다."

정중하게 포권을 하면서 말하는 모팔모와 마찬가지로 옆

에 있던 그녀도 고개를 살짝 숙이며 말했다.

"중원상단의 부족하지만 상단주 대리를 맞고 있는 이화정이라 하옵니다. 다시 인사드리옵니다."

곱기도 한 소리였다. 역시 여자는 희한한 생물인 것 같다.

나는 그런 그녀의 말에 담담하게 포권을 하고 나의 소개를 하려는 찰나 팽이현이 내 옆구리를 툭툭 건드렸다.

"음? 뭐야? 왜?"

그러자 팽이현은 나의 귓가에 조용한 목소리로 무엇을 말했다.

"중원상단의 이화정이라고 못 들어 보셨습니까?"

"방금 들어봤지."

퉁명스러운 나의 말에, 팽이현은 잠시 기겁을 하고는 다시금 말하였다.

"대륙에 다섯 개의 꽃이 있는데, 그중 한 명이 바로 저 낭자입니다."

"알아 ,나도."

군문에 있을 때 남자들끼리 술 마시면 하는 소리가 딱 두 가지였다. 돈과 여자. 그중에서 이야기꽃을 피울 수 있는 것이 바로 대륙 제일의 미녀가 누구냐는 것이다. 하등 쓸데없는 이야기지만, 대륙의 수많은 여자 중에 항상 회자되는 여성들이 있었다.

신교의 천중지화라 불리는 교주의 딸인 이예린.

황제의 딸이자 공주인 궁중천화 주혜연.

대륙의 오대 상단중 하나인 중원상단의 화중화 이화정.

남궁세가의 지중화 남궁문정.

그리고 마지막. 사천의 패주인 사천당가의 독중지화 당효연.

이 다섯 명의 여인의 미모는 날 때부터 천하를 울렸다. 얼마나 미색이 뛰어난지 감추어지지도 않는 것이었다. 그래서 자주 술자리의 술안주가 되어서 올라오기도 하였고.

귀에 못이 박히게 들었던 여인을 내가 모를 터가 없었다.

"아니, 알면서도 지금 그러한 반응이십니까? 혹시 포두님, 남성의 그것이……."

딱!

나는 주먹을 들어서 팽이현의 이마를 살짝 쳐주었다.

"아고!"

그리고는 곧장 앞에 있는 두 명에게 포권을 들어 내 소개를 하였다.

"죄송합니다. 장하현 포관의 포두인 이원생이라 합니다."

서로의 소개가 끝나고, 조금 어색한 시간이 흘렀다. 그 어색함을 이기지 못했는지 그녀는 다소곳이 나에게 고개를 숙여 인사하면서 맑고 고운 목소리로 말하였다.

"중원상단이 갚을 수 없는 은혜를 입었습니다."

후— 또 그 소리이군. 앞으로 내 얼굴 보면 저 소리만 나오겠어. 무슨 수를 써야지 원.

"하하, 갚을 수 없다니요. 이미 갚으셨습니다. 저녁을 대접한다고 하니 더 무슨 갚아야 할 것이 무엇입니까. 아니 그렇습니까, 모팔모님?"

슬며시 시선을 모팔모 쪽으로 돌려서 넘어가려고 하려 하였다. 빨리 이 상황에서 벗어나고 싶은 생각이 굴뚝같은 마음이다. 정말 이런 낯간지러운 상황은 정말이지 쥐약이나 다름이 없었다.

"허허허! 내 오늘 포두님의 아량에 큰 감복을 받았습니다. 서로 불편한 상황이 있었음에도 이리 대협 같은 아량으로 보아주시니! 허허허!"

"대협이라니요. 과찬이십니다. 그저 작은 포관에 포두일 뿐입니다."

서로 추켜세우는 꼴이 아니 꼬았는지 옆에 있는 팽이현의 미간이 골이 깊어졌다. 나는 그런 팽이현의 옆구리를 콕 집어내고는 한마디 하였다.

"오늘 보고할 것 없나? 팽 포졸?"

나는 쓸데없는 상황이라도 좋으니 제발 보고하면 좋겠다는 심상이었다. 또한 나의 이런 마음을 알았는지 팽이현은 밝게 웃으면서 한마디를 거들었다.

"없습니다. 아까 도착하셔서 다 하지 않았습니까. 저는 보고서 작성이나."

"야야, 잠시만."

나의 손짓에도 아랑곳 하지 않고 자신의 본연의 일에 충실히 하는 팽이현으로 보고 난 다짐하였다.

저 녀석 꼭 야근시킨다!

불편한 상황이라는 것은 바로 이런 것이 아닐까 싶다. 앞에서는 천하를 울린다는 미모의 소저가 초롱초롱한 눈으로 나를 쳐다보고 있고, 그 옆에 있던 험상궂은 사내는 뭐가 그리 좋은지 흐뭇하게 미소 짓고 있었다.

도대체 뭘 원하는지 알 바도 아니고, 알고 싶지도 않지만. 어쩌겠는가. 오늘 하루는 그저 저들이 말이나 맞받아주는 수밖에.

"일이 많지 않으십니까?"

넌지시 물어보는 나의 말에 그 둘은 걱정 말라는 뜻으로 한 명은 호쾌한 웃음소리로, 또 한 명은 수줍은 미소를 머금고 말했다.

"중원상단의 저력입니다! 하하하! 겨우 이정도 일이야 반각도 걸리지 않지요. 하하하!"

방금까지 이 아저씨는 나의 멱살을 잡고 죽일까 살릴까를 고민하였던 사람이다.

"걱정 놓으십시오. 모팔모님의 말처럼 오늘 처리할 일은 없습니다."

담담하게 미소 지으면서 말하는 그녀의 웃음에 갑자기 어디선가 오한이 밀려 들어왔다. 분명히 아름다운 여자다. 한데 이 소저도 초면에 뺨을 때리던 사람이다.

만약 뇌물 받아먹고 얼음 다 녹았으면…….

덜덜덜. 생각하기도 싫다. 아직 인생 얼마 남지 않았는데 종 치고 싶은 마음은 추호에도 없다. 그래도 손녀손주 시집장가 갈 때까지는 살아 있어야 되지 않는가?

"하하하, 그렇군요. 하하하."

어색하게 웃는 나의 모습. 그리고 그런 나의 모습을 보고 앞에 뭐가 좋다고 같이 따라 웃는 남녀.

젠장, 이제 좀 내 앞에서 사라지면 안 될까요?

하지만 이건 내 마음일 뿐이다. 나는 한동안은 그 둘에게 붙들려 있었다.

第十二章

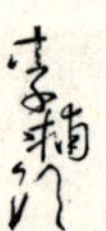

"에헤헤헴!"

헛기침 소리와 함께 시작되는 아침은 상쾌하다. 왜 상쾌하냐고? 오늘 아침에 중원상단을 떠나보냈기 때문이다. 드디어! 포구에 평화가 찾아온 것이다. 물론 지들 이권 다툼에 새우등 터질 뻔한 상황도 있었지만! 훌륭하게 해결해 내었던 것이다.

그래서 이리도 당찬 헛기침을 할 수 있었다.

물론 그녀가 떠나가기 전에 나에게 한마디 남겼다.

"혹여나, 꼭! 중원상단에 한 번 발걸음을 하실 수 없나요?"

이 말에 나는 대답 대신 한 번 웃어주고, 떠나가는 배를 마중해 주었다. 이미 배는 떴으니, 나중에 찾아와서 왜 대답 안 했냐고 하면 '안 들렸어요' 라고 발뺌해도 된다. 그건 그렇고 내가 어째서 거길 일부러 찾아간단 말인가? 그냥 우리의 인연은 여기까지가 마지막인가 보오. 그러니 잘 사시오.

짧은 말로.

수고~!

음, 꼭 해보고 싶은 말이었는데. 이미 배는 떠나갔으니, 님을 어떻게 잡으리오. 크크크.

"뭐가 좋아서 그리 혼자서 웃으십니까?"

아침 보고를 위해서 내 앞에 보고서 한 무더기를 올려놓는 팽이현은 이런 나의 모습이 아니꼬웠는지, 한마디 쏘아 붙였다.

"뭐 그런 일이 있지. 그런데 왜 보고서가 한 무더기냐? 만날 한 장으로 가져오던 사람이?"

"어쩌다 보니 그렇게 되었습니다. 원체 보고서 양이 많아서 저는 어제도! 야근하였습니다."

나 들으라고 '어제도' 라는 단어에 강한 반응을 보이는 거 봐라. 야근 두 번 시키면 멱살도 잡겠어.

"그러니까 무슨 보고서야?"

"어제 일을 상세하게 기록한 보고서지 뭐란 말입니까?"

"한 장으로 요약해 와."

"싫습니다."

오, 반항의 강도가 꽤 센데? 이 녀석 뭐를 잘못 먹었나?

"왜 싫은데?"

"그냥 싫습니다."

"알았네. 그럼 그냥 어제 보고서는 내가 쓴 걸로 하지."

"에에? 잠시만 기다리십시오. 그래도 그렇지. 그렇게 간단하게?"

당황스러운 팽이현의 물음에 나는 담담하게 웃어주며 말하였다.

"왜 이런 거 가지고 야근하고 그랬어. 그냥 몇 줄 간단하게 적으면 되지. 고생했네."

"포두님이 야근하라고 분명!"

"어머? 내가 그런 말을 했어? 미안하네. 됐지? 업무 봐."

"우아아아아악! 포두니이이임—!"

그러니까 아침부터 이 좋은 기분 망치지 말지 그랬어. 나랑 이야기하면 속 터지는 건 너라니까.

그렇게 절규하고 있는 팽이현을 놔두고 나는 포관을 나섰다.

밖은 여전히 햇볕은 쨍쨍 사람을 말려 죽일 듯이 내리쬐고 있었고, 내 몸도 비오는 듯이 땀을 흘렸다.

아— 진짜 덥다, 더워.

오늘 검수할 상단도 없고, 시간도 넉넉하니 포구의 나무나 손봐야 하겠다. 이런 일을 포졸들을 시키면 되겠지만, 다들 일 하느라 바쁘니 이런 일들은 포두가 솔선수범을 보여야 하는 것.

사실은 포구의 나무 버팀목은 전부 물가에 닿아 있는 편이라서 사람이 물가에서 작업해야 하는 장점이 있다. 왜 장점이냐? 겨울이었으면 얼어 죽겠지만 지금은 여름이다. 여름과 물. 구태여 설명하지 않아도 알 수 있는 거다. 물가가 얼마나 시원한데. <u>흐흐흐</u>.

갈아 놓기 쉬운 것으로 몇 개 봐두었다가 목공소를 들려야 겠다.

계획이 서니 발걸음이 가벼웠다. 뒷짐을 지고 느릿느릿 포구로 향했다.

포구의 목재들은 전부 소금에 바짝 말린 나무들로 되어 있었다. 그렇지 않으면 민물에 오래 버틸 수 없으니 말이다. 사람이 서 있는 상판 같은 경우 교체도 쉽고, 일이 빨리 끝나지만.

오늘 내가 할 작업은 버팀목을 교체하는 작업이다.

　포구에는 장씨 형제들이 보부상들과 간소한 차림의 사람들을 검수하고 있는 모습이 들어왔다. 나는 간편하게 손을 들어서 개의치 말고 일 보라고 신호를 준 후에 포구 아래로 내려갔다. 어차피 강가의 모래 위에 서 있는 포구라서 버팀목들은 강하게 유지되고 있었지만, 그 중간에 덧대어져 있는 짧은 버팀목들은 많이 썩어 있었다.

　나는 그중에 스무 개를 눈여겨 봐둔 뒤에 대충 길이를 재었다.

　사람 다리길이 정도의 버팀목들이라서 그런지 서서히 작업하면 될 것 같았다.

　그렇게 버팀목들을 대충 셈하고 나오니 상판 위에서 장호연이 나를 쳐다보며 물었다.

　"무엇 때문에 아래로 들어가십니까? 형님."

　저 호칭부터 바꿔야 하겠는데. 여기가 관인지 건달 세계인지 가끔씩 헷갈린다.

　"아아, 별일 아니야. 그냥 낡은 버팀목 교체하려고 하는 거니 신경 쓰지들 말라고."

　물에 발을 계속 담그고 있으니 여름의 뜨거움이 조금 사그라지는 것 같았다. 이런 기분을 방해하지 말고 그저 자신의 일들을 보라는 말이다. 그런데 의외로 장호연은 다르게 생각한 모양이다.

그는 매우 미안한 얼굴로 나를 쳐다보았다.

"하아, 저희들이 할일을 형님이 대신하시니. 죄송합니다!"

굵고 짧은 장호연의 말에 입맛을 몇 번 다셨다. 별로 너희를 위해 하는 일은 아닌데, 그냥 시간도 때울 겸사해서 하는 일이니 죄송할 거 없는데.

"쩝, 알았네. 알았으니 일 봐. 내 목공소에 가서 나무나 맞춰 와야겠다."

물가를 벗어나자, 뜨거운 열기가 내 몸을 감싸고돌았지만 그래도 처음보다는 덜했다. 어차피 일하면서 하루 종일 밑에 있을 것이니 아쉬워할 필요는 없었다.

"다녀오십시오! 형님!"

저놈의 호칭을 바꿔야 하는데. 하아, 정말 한숨이 나온다.

천천히 장하현으로 가는 길목에 있는 목공소로 발길을 재촉했다. 햇볕이 아침을 벗어나니 이제 기승을 부리기 시작하였다. 여름이 언제 가려나 싶기도 하지만, 또 지나가고 보면 언제 왔나 싶기도 하겠지.

군문에 있을 때에는 여름도 서늘했다. 물론 남만 지역에 갔을 때는 더워서 쪄 죽는지 알았지만. 하긴 그때에 비하면 여기는 양반이군.

생각만 해도 치가 떨린다. 남만에서 신명교도들이 어떻게 설득시켰는지는 모르겠지만, 남만의 군사들이 쳐들어올 때는 아찔하였다. 생전 처음 보는 거대한 동물로 무장한 것들이 몰려올 때의 충격이란 대단한 것이었다. 그래도 어찌 어째 하여 막아내고 잔당들 토벌하러 남만으로 갔을 때는 어떠하겠는가? 독충은 문제가 안 된다. 정말 살인적인 날씨가 사람을 쓰러지게 만들었다.

"아, 젠장. 생각하기도 싫은 것들이 스멀스멀 올라오네."

몸서리치면서 혼자 말을 할 때 쯤 목공소에 도착하였다. 톱질 소리와 대패질 소리가 경쾌하게 나는 곳을 따라 들어가 보니 톱밥 냄새와 땀 냄새가 진하게 풍겨 왔다.

"어엇, 포두님 아니십니까?"

내 복장을 누가 알아보았는지 옆에서 소리가 들려 왔다. 자연스럽게 나는 옆을 돌아보며 그 사람을 쳐다보았다.

내 시선이 이른 곳에 흰 수염을 길게 늘어뜨린 노인이 억척스럽게 생긴 바짝 마른 몸을 이끌고 있었다.

"아이구, 더우신데 수고하십니다."

나는 슬쩍 내 목에 흐르는 땀을 닦으면서 고개를 숙이며 인사했다.

"수고는 무슨. 한데 무슨 일이십니까?"

"아아, 뭐 다른 게 아니라 장하현 포구 보수 좀 하려고 합니다."

"하이고오. 그런 일을 왜 포두님이 하십니까? 졸을 놔두고?"

"뭐, 다들 공사가 바쁜 몸이니 누가 하면 어쩌겠습니까? 하하."

"허어! 거참. 알겠습니다. 내 곧 가지고 오겠습니다."

보통 현으로 납품이 되는 나무들은 가까운 목공소에서 담당하고 있었다. 물론 목공소도 나름대로 현에 속해 있는 곳이지만 민간사업에 가까웠다. 능력 있는 장인은 가문에만 기술을 전승하지 않으니 능력만 있다면 누가 나랏밥 먹고 살겠는가? 그것도 품계에 해당도 안 되는 잡무를 말이다.

더군다나 바닷가 근처도 아닌 곳에서 소금기 먹인 나무를 구하려면 여기밖에 없고 또한 내 돈 들여서 나무를 구입하지 않아도 된다.

"한 짐 쌓아 놓았습니다. 이 정도면 충분하십니까?"

뭉툭하게 말려진 나무각목들이 등짐을 지게끔 묶여져 있었다. 대략 셈을 해봐도 스무 개는 더 되어 보였다. 저 정도면 충분하겠다 싶어서 고개를 끄덕거리었다.

"충분합니다."

"그럼 장부에 올려놓겠습니다. 이름이 어찌 되십니까?"

"제 이름은."

"이원생이지요."

내 이름을 부르려는 찰나, 누군가 앞서서 내 이름을 부르자 적잖이 당황스러웠다. 하나 내색하지 않았다. 그 목소리가 어디선가 들어본 목소리이기에.

나는 뒤를 돌아보았다.

"아."

저번 하순절에 감찰 왔었던 그 사람이다. 그때 똑같은 복장을 하고 있으니, 참으로 알아보기도 쉽고 보기에도 더워 보였다. 저렇게 꽁꽁 싸매고, 세상에나 죽립까지 머리에 썼으니.

"왜 그리 놀라십니까?"

너무 더워 보여서요.

"아니 뭐, 그건 그렇고. 여기는 어쩐 일이십니까?"

"그러는 포두는 여기 어쩐 일이십니까?"

계급으로는 내가 꿀리니 순순히 답을 해줘야지. 그런데 내가 취조 받고 있는 기분은 단지 기분 탓일까?

"저야 공무 중이지요."

"그런가요? 저도 공무 중입니다."

하하, 저런 싸가지 없는 말투하고는. 하나 그냥 조용히 넘어가는 것이 이익이지 싶다.

슥. 스윽.

언제인지 모르겠지만, 목공소의 그 어르신은 이미 사라져 버렸다. 나는 내 앞에 놓인 짐을 등으로 가져다 매었다.

끈으로 쉽게 매게끔 되어 있어서, 생각보다 무겁지는 않았다. 단지 내 옆에 서 있는 그 감찰사를 쳐다보니 열이 더 나는 것 같았다.

"그럼 수고하십시오. 저는 이만."

인사를 꾸벅하고 뒤 돌아가는데. 그 감찰사도 따라오는 인기척이 느껴졌다. 뭐하는데 따라오는 거지? 저 감찰사도 정말 할 짓이 없나 보군. 할 짓이 없으면 그냥 좀 여름에 맞게 입고 다니지 뭐하러 저렇게 꽁꽁 싸매고 다니는지. 쯧쯧.

혀를 차면서 계속 걸어가던 찰나에 길거리에서 참으로 먹으려고 과채와 수육 몇 점을 사서 허리춤에 걸쳤다.

방향이 같은 건지 나를 따라오는 것인지 몰라도 계속해서 내 뒤를 졸졸 쫓아오는 사람이 신경 쓰이기는 하였지만 그냥 무시하기로 하였다.

오늘 같은 날 신경을 많이 쓰면 더위가 먹을 게 분명했기 때문이다. 물론 어제의 그 일로 인해서 더 이상 심력 소모를 하기 싫어서기도 했다.

"어이고오! 포두 형님! 뭐하러 그런 것을 이 더운 날 짊어지고 오십니까!"

포구로 들어서자, 장호연이 나를 발견하고는 성큼성큼 뛰어 왔다. 그 모습이 흡사 곰이 나에게 뛰어 오는 것 같은 위압감이 전해졌다. 물론 저 녀석이 나를 위하는 건 알지만, 굳이 이렇게 내가 왔다는 것을 반겨야 하나?

뭐 어찌 되었든 왔으니 일이나 시키자.

덥석!

휙!

나는 등에 매어져 있는 나무 뭉치를 장호연에게 몸을 돌려서 그대로 던져 주었다.

웃샤!

힘겹게 던진 그 나무 뭉치를 가볍게 받아내는 장호연을 보고, 나는 흐뭇하게 웃으면서 말했다.

"포구 하청으로 가져다 놓게나."

"알겠습니다!"

짐을 벗어 던지자 한결 가벼워진 기분으로 포구로 가려 하는데 뒤에서 뭔가 쓰러지는 소리가 들렸다.

털썩.

고개를 돌려 보자. 어라? 감찰사가 쓰러져 있었다. 그러게 그렇게 꽁꽁 싸매고 있을 때부터 알아봤다.

"어이구, 짐덩이 하나를 넘기니까 다시 짐이 생기네."

감찰사가 쓰러진 곳으로 가서 감찰사를 살폈다. 여기서 문제가 생기면 곤란했다. 슬쩍 보니 무슨 문제가 생겼는지 알 수 있었다.

'일사병.'

더위 때문에 생긴 병이다.

“에휴— 누가 이런 날씨에 옷을 이렇게 입나?”

나는 이렇게 혼잣말하며 감찰관의 옷을 풀려고 했다. 이게 제일 좋은 방법이다. 하나 얼마나 꽁꽁 싸맸는지 쉽게 풀 수 없었다.

일단 여기서 푸는 것을 포기했다. 황급히 시원한 곳으로 데려가기로 했다.

이렇게 생각한 나는 감찰관을 들었다.

“……!”

감찰사을 드는 순간, 나는 놀랐다. 의외로 매우 가벼워서다. 아니, 많이 가벼웠다. 아까 나무뭉치보다도 말이다. 일부러 몸을 이렇게 튼실하게 보이려고 껴입었나 싶었나? 그런 생각이 들 정도였다.

어쨌든 가벼운 것은 좋고. 빨리 가자.

감찰사이 쓰러진 곳에서 내가 일을 하려는 포구는 매우 가까웠다.

포구 시원한 곳으로 감찰관을 업고 달리는 것을 장호연이 보았다.

“헉? 그 사람은 웬 것입니까?”

장호연의 물음에 나는 그 물음에 별거 아닌 듯이 답해 주었다.

“아아, 감찰사.”

“예?”

“요즘 감찰사들은 자기 발로 걷기 싫은가 봐.”

나의 수준 높은 농담을 이해하지 못하였는지, 아직도 멍하게 나의 모습을 쳐다보는 장호연이다. 쩝, 이래 뵈도 전장에서는 입만 열었다 하면 사람들 입에서 웃음이 끊이지 않았는데. 아— 세월의 무상함이여.

“아무리 그래도 그렇지.”

“시끄럽고 일이나 해. 크흠.”

가장 시원한 곳에 감찰사를 눕혀 놓았다.

그 순간,

사락.

그 감찰사의 죽립이 풀렸다.

“엥? 뭐야 이거? 여자네.”

여자가 감찰사를 하는 것이 이상할 것은 없었지만 이제야 꽁꽁 싸매고 다니는 이유를 알았다. 그런데 눈감고 조용히 있는 모습을 보니 아름다웠다. 중원상단의 이화정과는 또 다른 느낌의 미녀였다.

요번에 본 관기인 운씨 자매도 그렇고 눈이 호강하는 것 같네. 이러다가는 눈이 괜스레 높아지겠어. 후후후후. 뭐, 나야 눈 호강하니까 좋지만.

"에휴— 어쨌든 일이나 하자."

풀린 죽립을 다시금 씌워주고 참으로 먹으려고 놔둔 과채와 수육을 그 감찰사 옆에 놔두었다. 그리고 나는 일을 시작했다.

원래 보수작업이라는 것이 보기에는 좀 까다로워 보여도 어떻게 일을 처리하는 가에 따라서 쉬워지기도 한다. 물론 목공에 관해서 조금의 전문 지식이 있으면 더욱더 쉽고 말이다.

물에 얇게 잠겨 있는 버팀목부터 손보기로 하고는 발을 걷어붙이고 물가로 들어갔다. 차가운 기운이 내 몸을 도는 것은 물론이고, 등가에 젖은 땀까지 말려주는 느낌이었다.

역시 내가 장소 하나는 기가 막히게 보지.

후후훗. 버팀목의 죔쇠를 하나하나 풀어놓고 썩어 있는 곳을 툭하고 건들이자 나무는 금세 쑥하고 빠져 버렸다. 얼마나 보수를 안 했는지 알 수 있는 장면이었다. 나는 혀를 쯧쯧 하고 몇 번 찬 다음 허리띠에 묶인 새 버팀목을 가져다 대고 다시 죔쇠를 걸었다.

그렇게 몇 개의 작업을 하고 나서 매우 뿌듯한 기분으로 뒤를 돌아보는데, 어느새 그 감찰사가 일어나서 과채가 든 호리병을 홀짝거린 채 나를 쳐다보고 있었다.

"거참 일어났으면 인기척이라도 내시지요. 놀라서 간 떨어질 뻔했습니다."

"크흠. 미, 미안하오. 신세를 진 것이 걸려서 그랬소이다."

"뭐, 신세랄 거까지야. 당연히 사람으로 도리인데요. 그런데 몸은 좀 어떠십니까?"

철퍽철퍽.

걸어 나오면서 묻는 나의 말에 감찰사는 죽립을 내려 쓴 채 부끄러운 듯 말했다.

"많이 괜찮아졌소이다. 흐흠."

"목소리를 보니 좀 더 쉬어야 될 것 같습니다. 후우, 마침 저도 쉬려고 하니. 자아."

털썩.

감찰사 옆에 엉덩이를 붙이고 앉았다.

"후우, 날씨가 덥죠?"

옷을 들었나 났다 하면서 부채질을 하면서 묻자, 감찰사도 헛기침 몇 번을 하더니 자신이 마시던 과채를 나에게 쑥 내밀었다.

"여, 여기 있소이다. 미안하게 됐소. 나도 모르게 그만."

여자인거 아는데, 아닌 척하려는 그 감찰사의 모습이 귀여웠다. 그리고 보니 말투가 뭔가 어눌해 보였다. 하나 그냥 모른 체하기로 마음먹었다.

나는 그녀가 준 과채를 넘겨받아 꿀꺽꿀꺽 마셨다.

"캬아! 역시 과채는 차게 해서 먹어야 한다니까. 아, 그런데 무슨 공무를 보러 가던 중이었소? 나를 따라오는 것 같던데?"

"무, 무슨!"

그녀가 격렬하게 반응했다.

나는 태연히 말했다.

"그런가? 내가 보기에는 따라오는 것처럼 그랬을 뿐이오. 그런데 무슨 일로?"

"비, 비밀이오. 감찰사가 한낱 포두에게 자신의 공무를 말해야 하오!"

"아아, 더운데 왜 화를 내시오. 자아."

달래는 듯이 말을 하고는, 과채를 스윽 내밀자. 감찰사는 빼앗듯이 툭 과채를 채 가 버렸다.

"꿀꺽, 후우. 한데 이런 보수작업은 외부에서 인력을 동원해야 하는 것이 아니요?"

물론 이런 보수작업들이 관이나 현에서 하다 보니 강제로 부역을 시킬 수는 있지만. 내가 미쳤나? 다 마을 사람들이고 아는 사람들인데 차라리 내가 하고 말지. 사서 욕먹을 짓을 하게.

"부역을 시킬 수도 있지만 이 더운 날 왜 그런 일을 시킵니

까? 그냥 시간이 남는 사람이 하는 거지. 다들 먹고 살기도 힘
든 사람들인데.”

원래 부역이라는 것이 없는 사람들이 일을 더하는 제도였
다. 있는 놈들이 뭐하려 힘들게 일하겠는가? 있는 놈들은 다
들 뭔가 뒷배가 있어서 이리 빠지고 저리 빠지고 가난하고 힘
없는 사람들이 짊어지는 게 부역이라는 말이다.

“그렇군요.”

순간적으로 부드러운 여성의 말투가 나왔다. 억지로 말을
딱딱하게 쓰는 것보다 차라리 이렇게 부드럽게 말하니 얼마
나 좋은가.

“그렇지요.”

“원래 포두는 뭐하는 사람이었죠?”

“군문에서 좀 굴러먹다가 힘들어서 전역하고 포두로 지내
는 사람입니다만?”

“후우, 그렇겠지요. 혹시 양친은?”

왜 갑자기 호구 조사야? 거참 물어보는 것도 많네.

“아버지는 오래전에 어디론가 떠나셨고, 어머님은 살아 계
십니다. 한데 왜?”

“아버지의 기억이 있나요?”

“있을 리가 없죠. 태어나기도 전에 없었으니 말입니다.”

“그런가요.”

"그렇지요. 제가 어머니 뱃속에서부터 눈을 떴을 리는 없
으니까 말입니다."

하등 의미 없는 대화만 하고 있다 보니 지루하기는 했다.
하나 어쨌든 데려온 내 잘못도 있으니 성심성의껏 답변은 해
주긴 한다.

그런 감찰사도 자신의 옷을 툭툭 털면서 일어나더니 가볍
게 인사하였다.

"오늘 일은 감사드립니다. 저는 이만 가보겠습니다. 다음
에 또 뵙죠."

"저야 뭐. 오신다고 하는데 말릴 수도 없는 노릇이고."

원래 감찰은 자주 나가는 것이 맞기는 맞지만 서도 이렇게
만날 오면 힘들다니까. 아오.

"하긴 그것도 그렇지요."

"멀리 안 나갑니다."

일이나 하자.

第十三章

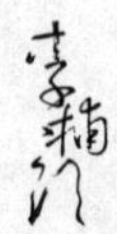

운이 좋은지 어떤지 모르지만 전장에서 아는 사람에게 배운 기술이 있다. 그 사람은 자신이 '기관진식'에 대해 제법 아는 것이 많다고 했다. 물론 확인되지는 않았지만.

어쨌든 그 사람이 가르쳐 준 것을 여기에 써 먹을 수 있다. 후후후, 그 당시에는 상대의 전략에 말려들지 않기 위해 배운 것이지만.

그런 것으로 인해 나는 사 년 전의 자료를 바탕으로 어느 쪽으로 물이 들어오는지를 파악하고, 장호팔이 사는 곳의 주민들에게 말하여 물길을 내는 것이다.

이것에는 두 가지 방법이 있다. 배수가 빠르게 하는 방법과 다른 물길을 내서 다른 곳으로 나갈 수 있는 것.

이 두 가지 중 나는 후자를 선택할 것이다. 그 편이 의외로 수월하니까.

그것을 위해선 많은 준비가 필요하다. 일단 지대가 낮은 곳을 탐색하여야 하고, 그 지대에 사는 사람들에게 양해를 구해서 물길을 내야 한다. 이것이 첫 번째 과정이다. 그리고 이 첫 번째를 잘해야 한다.

*　　　*　　　*

"감사합니다. 이렇게 도움을 주서서. 이 은혜는 정말이지. 크흑!"

그런데 나는 왜 이렇게 도와주고 있지? 허허허허. 내가 나를 알 수가 없구나.

장호팔이 눈물을 훔치려고 하자, 나는 괜히 그의 뒤통수를 쳐주고 싶었다. 하나 참았다. 때릴 이유가 없었기도 했고, 나는 내가 하고 싶은 대로 다 하는 그런 사람은 아니라서다.

"은혜까지야. 어차피 도와주기는 해도 일은 다 자네 몫이니 뭐."

내 짬에 삽질을 해야겠나? 원래 도와줄 마음도 없었지만, 그렇다고 일할 마음도 없다. 그냥 지시만 내리는 거지. 후후훗.

"어차피 마을 사람들도 전부 통감하고 있는 사실입니다. 제가 설득하겠습니다."

장호팔의 말에 나는 미소를 지어줄 뿐이었다. 사람이 그렇게 쉽게 공짜로 일 하려고 들지는 않는데, 뭐 잘 설득하겠지.

점심이 끝난 후에 나머지 일을 마치고 나자, 아직 퇴근시간이 되지 않았다. 해는 여전히 중천에 떠서 흘러가지 않은 시간을 비웃기라도 하는 듯하였다.

그래도 점심 때 보다는 선선한 날씨다. 시간도 남으니 장씨 형제 마을에나 한번 가볼까? 여기서 얼마나 떨어져 있으려나. 어차피 슬슬 갔다오면 얼추 퇴근시간에 가까워지기는 하겠어.

손을 몇 번 툭툭 털어내고 아랫마을로 내려가기 시작했다.

＊　　　＊　　　＊

원래는 마을이라고 부르기도 뭐한 곳이다. 하지만 편의상 마을이라고 불렀다. 워낙 없이 사는 사람들이 모여서 만든 동네이다 보니 집도 제대로 된 지붕이 있는 집은 드물었다. 전부 얼기설기 엮은 짚단이 전부였다. 더군다나 사람들도 전부 일에 찌들어서 사니 생활도 제대로 이루어지지 못한 동네였다.

전쟁이 끝나 후에 이런 마을들은 더욱더 많은 사람들이 유입되어 왔다. 그중에 대다수를 차지하는 것이 부모를 잃은 아이들이 첫 번째였고, 두 번째는 전쟁에 피해를 본 사람들이었다. 그런 사람들이 삼삼오오 모여서 만든 동네는 어느덧 뭔가 기운 빠진 곳으로 되어버렸다.

퇴거

을씨년스럽게 마을 입구에 걸려 있는 퇴거라는 짧은 명령조 섞인 팻말이 보였다. 그 팻말을 보자마자 왠지 모르게 가슴 한구석이 아련해졌다.

개인이 바뀌어야 세상이 바뀐다고?

후— 한숨이 나왔다.

"처음에는 믿었지."

자조 섞인 웃음이 터져 나왔다.

그냥 훌훌 털어버리고 앞에 있는 일에만 신경 쓰도록 하자.

마을을 천천히 살폈다.

여름인데도 불구하고 습하고 진득한 기운이 온몸을 지배하였다. 도대체 이런 곳에서 사람이 어떻게 사는지는 몰랐지만, 일단 사람이 산다고는 하니 계속 걸어가 본다.

후끈후끈한 기분이 어느덧 적응이 될 무렵. 내 눈앞에는 별로 보고 싶지 않은 광경이 펼쳐져 있었다.

광활한 분지의 지형.

젠장! 이러니 매번 홍수 때마다 물에 잠기지. 그래도 땅은 비옥하겠네. 그러니 이 사람들이 기를 쓰고 여기에 살려고 하는 이유겠지.

홍수는 재앙을 가져다주지만, 땅에 매우 많은 영양분을 가져다주기 때문에 한번 홍수가 휩쓸고 간 땅에 작물을 심으면 대풍이 될 가능성이 높다. 그 때문에 일부러 그런 곳에 밭이나 논을 만들어 사는 사람도 있으니.

그때였다.

"그렇다고 포기하실 생각입니까!"

"자네는 우리가 그런 여력이 있다고 보이나!"

"그럼 잠자코 앉아서 죽을 셈이십니까!"

저쪽에서 장호팔이 사람들을 모아놓고 성심성의껏 싸우고(?) 있었다.

참 아름다운 놈이다. 사람들 설득시키라고 먼저 보내 놓았더니 싸우고 자빠져 있게.

"커흠!"

나는 일부러 들리라고 헛기침을 크게 하고 그쪽으로 다가섰다.

"아! 포두 형님! 여기는 어쩐 일이십니까!"

응. 너를 못 믿어서. 그리고 퇴근 시간까지 삐대 보려고 왔
어.

"어어, 저 사람이 바로."

"저분이 호팔이네 포두인가 보네."

"어머, 못 생겼다."

음? 거기 누구야? 다 들려!

여기저기서 수군거리는 소리가 들려 왔지만 애써 무시하
기로 하였다.

"무슨 일인가?"

알면서도 은근슬쩍 의뭉을 부렸다.

장호팔이 답했다.

"하아, 그게 다름이 아니라, 마을 사람들이 그렇게 큰 공사
를 진행하려면 많은 돈과 인력이 들어가는데 좀처럼 호응을
안 해주네요. 후우―."

큰 공사?

내가 물었다.

"무슨 소리야? 큰 공사라니?"

"예? 하지만 물길을 내는 것이 큰 공사이지 않습니까?"

"공사긴 공사지. 한데 순번을 정해서 돌아가면서 작업을
진행하면 될 거 아닌가?"

요지는 이렇다. 평소에 돈을 버는 일들을 하고, 끝난 다음

서로 돌아가면서 일을 하면 일을 진행시키는 데도 문제가 없고, 일을 도중에 그만두지 않아도 된다. 물론 희생이 따르긴 한다.

"그럼 작업 지시는 누가 합니까?"

그렇다. 사람들에게 일일이 작업할 내용을 새롭게 말해야 하니 수고스러운 작업인, 지시 내리는 사람이 남아 있었다. 나는 나의 멋진 미소를 지으면서 장호팔의 어깨를 두들겼다.

"수고해. 할 사람이 누가 있다고."

"하. 하지만! 저, 저는!"

"어차피 네가 도와 달라며?"

"차라리 일을 시키십시오! 머리 쓰는 작업은 정말이지 안 됩니다!"

"이번 기회에 한번 굴려 봐. 일단 물길 내는 경로는 내일까지 전해줄 테니까, 자네는 어서 사람들에게 돌아다니면서 괜찮은 시간으로 조를 짜라고."

"포두 형님!"

장호팔이 절규에 가깝게 나를 불렀다.

ㅎㅎㅎㅎ.

도와 달래서 도와주는데, 어떠한 방법으로 도와주는지에 대해서 심사숙고해 봐야지.

그리고 내 피 같은 시간을 들여서 도와주는 건데 고작 장 포졸에게 편한 일시키면 내가 불쌍하잖아, 안 그래?

"시끄럽고. 내일 보세나."

단호하게 장호팔의 외침을 잘라버리고 휙 돌아서 다시금 포관으로 길을 잡았다. 그런데 아까 누가 나한테 못생겼다는 소리를 했지? 어우. 확!

온 길을 되돌아 와 포관에 도착하니 어느덧 시간은 슬슬 퇴근할 때가 다 되어 갔다. 나는 흐뭇한 표정을 지으면서 포관으로 들어갔고, 거기에는 팽이현이 나를 보면서 흐뭇하게 맞이하고 있었다.

"뭔가 굉장히 의미심장한 웃음을 짓는군. 팽 포졸."

"제 얼굴이 그렇게 의미심장하였습니까? 하하하. 뭐 그렇게 느껴지셨다면 어쩔 수 없겠습니다. 하하하."

연방 재수없는 웃음을 날려가면서 이처럼 말하는 거 보니 뭔가 있기는 있군.

"한데 하라는 일은 다 해놓고 그러는 건가?"

"하하하. 이 팽이현이 누굽니까! 제가 포두님의 입맛에 딱 맞는 자료를 준비했습니다!"

음? 이렇게 빠른 시간에?

"흐흠?"

"어차피 그쪽 지형과 비가 언제 오는지에 대해서만 알면 되는 거 아닙니까. 그래서 예전 포두의 일지를 활용하였습니다!"

"호오. 개똥도 약에 쓰려나?"

"에?"

"아냐, 그런데 뭔데?"

"예전 포두가 일지는 안 적어도 날씨는 적어 놓았습니다. 정말이지 그 기간에 쓴 일지에 '비가 옴', '비가 많이 옴', '비가 엄청나게 옴' 이런 식으로 써 놓은 것을 발견하고 홍수가 오는 장맛비가 내리는 날을 예측해 봤다는 거 아닙니까!"

의기양양하게 말하는 팽이현의 코를 부러뜨려 주고 싶지만, 어쨌든 일한 결과는 만족할 만한 성과니 넘어간다.

"정말 약에 쓰긴 쓰는군. 언제인데?"

"보름하고 나흘 남았습니다!"

"……!"

염병, 욕 나오네. 물길 틀 때까지는 빠듯하군. 겨우 보름하고 나흘이라니. 갑자기 이거 신경이 곤두서는데.

원래 물길의 경로는 마을 어귀를 돌아서 반달 형식으로 비껴나가게끔 틀려고 하였다. 하지만 그러면 시간도 많이 걸리거니와 비용도 만만치가 않다. 그래도 인부들에게 밥이라도 먹어야 하지 않겠는가? 이렇게 날이 짧으니 어쩔 수 없이 마을을 관통해서 물길을 트는 수밖에 없는데.

이때는 몇 가지 문제가 발생하는데, 만약 물길이 제대로 잡

히지 못해서 넘쳐 버리면 걷잡을 수없이 쓸려 내려가 버린다
는 것이다. 그리고 수위도 조절하기 위해서 물이 내려오는 길
에 단단하게 둑을 쌓고 둑이 넘쳐흐를 때만 물 양을 조절해야
하는 일이 남는 것이다.

"이거 어려운데."

젠장할. 일단 도와준다고 했으니 외면할 수도 없는 노릇이
고.

"팽 포졸."

"예, 포졸 팽이현."

"저번에 대원상단에서 준 거 남아 있지?"

"아, 물론입니다."

대원상단에서 많은 돈을 줘서, 혹시나 필요해서 다 나누어
주지 않고 남겨 두었더니 이럴 때를 위해서 쓰라고 하는 하늘
의 계시였나 보다. 하늘도 쓸데없는 짓을.

"젠장. 일단 그걸로 둑이나 만들어야겠군."

『이포두』 2권에 계속…

독보행
獨步行
임영기 新무협 판타지 소설
FANTASTIC ORIENTAL HEROES

그날, 심산유곡에서 수련하던
한 명의 소년이 강호로 내려왔다.

모든 이가 소년을 비웃고,
모든 무사가 그를 깔봤다.

소년은 흔들리지 않는다.
"이 천하를 독보(獨步)하리라!"

한번 시작한 걸음, 결코 멈추지 않으리라.
천하여! 무림이여!
대무영(大武英)이 간다!

Book Publishing CHUNGEORAM
유행이 아닌 자유추구
WWW.chungeoram.com